Con Magia para la Vida

Libro 3. Rescate de Eos, Alisha, Hermes y Erica. Mejora de Armadura Congelada

Elena Kryuchkova

Traducido por Gleni Mendoza

"Con Magia para la Vida. Libro 3. Rescate de Eos, Alisha, Hermes y Erica. Mejora de armadura congelada"

Escrito por Elena Kryuchkova

Editorial Tektime

www.tektime.it

Traducido por Gleni Mendoza

Elena Kryuchkova

Con Magia para la Vida
Libro 3. Rescate de Eos, Alisha, Hermes y Erica. Mejora de Armadura Congelada.

Libro 3. Rescate de Eos, Alisha, Hermes y Erica. Mejora de Armadura Congelada.

Esta historia es ficción y fantasía. Y cualquier similitud con personas o eventos reales es una coincidencia.

Esta historia es completamente ficción.

Capítulo 7. Rescate de Eos, Alisha, Hermes y Erica. Mejora de Armadura Congelada.

Mientras tanto, Alisha y Apolo (sus armaduras aún se estaban actualizando) descendieron al sótano de la casa de los seguidores del culto del Sabio Hermes. A primera vista, era el sótano más común, en el que se guardaban cosas viejas y había una lavadora vieja. ¡Sí, exactamente, en el Mundo de Cronos sabían cómo crearlos! Es cierto que diferían que eran familiares para Alisha y se parecían más a las lavadoras de la Tierra de los años 50 o 60 del siglo XX. Es decir, tales lavadoras tenían una tina y realizaban un simple lavado y enjuagado. El centrifugado se tuvo que hacer manualmente. Verter agua, agregar detergente y controlar la duración del lavado también tuvo que hacerse de forma independiente.

En Akaria y otros reinos del Mundo de Cronos, tales aparatos no eran infrecuentes y estaban disponibles en muchos baños en los apartamentos y casas de la gente común. Alisha, que alquiló el apartamento con Elliot, también lavó con un dispositivo similar. A pesar de la falta de automatización del proceso, sigue siendo mucho más conveniente que lavar a mano.

En las casas aristocráticas, las lavadoras no estaban en los baños, sino en lavaderos separados. Y los aristócratas usaban modelos más caros: de mayor volumen y con un diseño individual. Sin embargo, su principio de funcionamiento no era muy diferente al de las máquinas económicas.

"No parece nada sospechoso…" dijo Alisha, mirando alrededor en el sótano.

"A primera vista", comentó Apolo con dudas.

"Por supuesto, escanearemos el sótano con su vista de escaneo", asintió la chica.

Este era el nombre de un hechizo especial que, como quedó claro por el nombre, hizo posible revisar una habitación o área en busca de escondites. Alisha y Apolo dibujaron en el aire las fórmulas mágicas necesarias. Las fórmulas resultantes crearon el efecto de ecolocalización. Su resultado se transmitió a los órganos visuales de los empleados del Departamento Divino en forma de un plan general.

"¡Ajá!" exclamaron con una sola voz. "¡Hay un pasaje secreto aquí!"

Y corrieron a uno de los cofres en la pared del fondo. Empujaron el cofre a un lado y comenzaron a examinar el piso. Por desgracia, aunque el escaneo visual mostró la presencia de pasajes secretos, no mostró cómo abrirlos.

"Escondieron bien el mecanismo del pasaje secreto..." Apolo suspiró.

"Sí, y el escaneo visual no mostró los mecanismos..." Alisha suspiró. De repente se dio cuenta de algo: "¡Exactamente! ¡Aquí no hay mecanismos!"

"Si quieres decir que esta es una escotilla simple, entonces la vista de escaneo tampoco mostró ningún espacio", respondió Apolo pensativamente. "Aunque... Es posible que no se note la delgada brecha... Hmm, está bien: ¡intentaré usar un hechizo para cargar pesas!"

Y creó nuevas fórmulas mágicas. Los flujos de energía concentrados se precipitaron hacia el lugar correcto en el suelo. Y como una red, comenzaron a arrastrarse a lo largo de la losa, tratando de encontrar huecos. Finalmente, el hechizo encontró los huecos más finos y levantó la losa: resultó ser bastante grande.

"¡Guau! ¿Tienen una magia tan avanzada en este planeta? el Dios Sol se sorprendió, moviendo la losa a un lado. Debajo se abría un pasaje subterráneo, con una escalera que bajaba. "¡Se necesitan hechizos complicados para levantar tal peso!"

"La magia del Mundo de Cronos no es tan avanzada", Alisha frunció el ceño. "Pero esta losa y la barrera dentro de la casa... ¡Son de un nivel mucho más alto que la magia ordinaria de este mundo!"

Apolo asintió: ya se dio cuenta de que algo extraño estaba pasando en esta casa.

"¡Oh, mi actualización de Armadura está congelada!" Alisha de repente se dio cuenta. "Solo el diez por ciento actualizado..."

"¡Mi actualización también está congelada! ¿Cuál es el problema? ¡Oh, estas actualizaciones no programadas!" Apolo puso los ojos en blanco.

Al igual que Alisha, su pantalla también mostró una actualización del diez por ciento y un ícono de disco giratorio.

"La actualización se puede congelar por mucho tiempo... Vamos, resolveremos esto", dijo la chica irritada. "Después de todo, ¡realmente somos dos! ¡Nos encargaremos de ello!"

"¡Sí, podemos manejar todo!" el hombre estuvo de acuerdo. Él también quería simplemente salvar a Eos, por quien estaba sinceramente preocupado.

Y entraron en el pasaje abierto. La deidad menor y el Dios Sol bajaron los escalones, iluminando su camino con un hechizo de iluminación.

Pronto estuvieron frente a la puerta, cerrada con cerraduras mágicas y ordinarias. Una persona común, incluso si él o ella fuera un mago, no podría hacer frente tan fácilmente a tal obstáculo. Después de todo, la magia del Mundo de Cronos era de un nivel inferior. En comparación con la alta magia vista en la casa de los seguidores del culto del Sabio Hermes fue una sorpresa para Alisha y Apolo.

Sin embargo, son empleados del Departamento Divino, por lo que pueden hacer frente fácilmente a tales obstáculos. Aunque para el Mundo de Cronos, las cerraduras mágicas utilizadas en la puerta fueron difíciles, para Alisha y Apolo, no. Y las deidades los abrieron fácilmente.

Luego llegó el turno de las cerraduras mecánicas simples. Con lo cual Alisha y Apollo lidiaron con el hechizo de Apertura de puertas: escaneó los mecanismos de bloqueo y los abrió.

Después de eso, el empleado del Departamento Divino abrió con decisión la puerta y entró.

Se encontraron en una habitación espaciosa separada de la entrada por una columna ancha. En el medio se encontraban tres personas: un hombre con una capa oscura (su rostro no era visible desde lejos), la capitana Señorita Hombre lobo (Alisha vio sus retratos en las revistas) y Erica.

Al verla, Alisha se estremeció involuntariamente. Conteniendo apenas un grito de sorpresa, la chica se escondió detrás de una amplia columna. *"Ahora está claro que he estado atormentada por recelos últimamente..."* se dio cuenta. Apolo hizo lo mismo: afortunadamente, el hombre de la capa oscura, Erica y la capitana Hombre lobo aún no los habían notado. Normalmente, la mujer lobo los olería, pero la magia de desviar los ojos también desviaría la atención del olor.

"Hola, nieta. Así que finalmente nos conocimos", le dijo el hombre de la capa oscura a Erica.

Se congeló por un momento, sus ojos redondos con sorpresa. Y ella dijo perpleja:

"Eres Su Majestad, el Rey del Crepuscular, ¿no? No puedo ser tu pariente. Después de todo, soy el simple esclavo. No sé los nombres de mis padres. Todo lo que sé es que mi madre era humana. Incluso si ella es una aristócrata, esto no significa que definitivamente sea tu pariente. Me confundiste con alguien."

Erica trató de recordar qué parientes femeninas tiene el Rey Crepuscular. La primera que me vino a la mente fue la Princesa del Crepúsculo, su hija. Pero Erica ni siquiera consideró esta idea. ¿Ser la hija de la Princesa del Crepúsculo? ¡Disparates! ¡Esto es imposible!

Los difuntos hermanos del Rey Crepúsculo no tuvieron hijos. Al menos los legítimos. ¿Ilegítimo? Quizás. Aun así, el hecho de que ella fuera pariente del Rey Crepuscular le parecía una tontería a Erica.

Sin embargo, contrariamente a sus expectativas, el Rey Crepuscular respondió:

"Aquí no hay ningún error. Eres mi nieta, la hija de una verdadera Princesa del Crepúsculo. Mi estúpida hija hace diecinueve años se enamoró del sirviente, el hombre unicornio, y quedó embarazada de él. ¡Cuando me enteré, por supuesto, ordené la ejecución de esa persona insolente, acusándolo de 'atentado' contra la Princesa! Solo el Primer General Retirado, que entonces era el Primer General, sabía la verdad sobre esto. Pero siempre supo guardar silencio. Y envié a mi hija a una residencia remota para que diera a luz en secreto. Afortunadamente, casi nadie sabía sobre este vergonzoso embarazo en el palacio real, el plazo fue corto".

Erica abrió aún más los ojos. Por supuesto, conocía la versión oficial de los hechos: que hace diecinueve años, uno de los sirvientes de la corte, el hombre unicornio, atacó a la princesa. Fue ejecutado, y la princesa herida y conmocionada fue enviada por el rey y la reina a una tranquila residencia de campo para mejorar su salud, donde la niña pasó más de un año.

Pero según las palabras del Rey Crepuscular, resultó que todo era completamente diferente.

"Pero..." Erica trató de discutir.

"Sí, esa niña eras tú", respondió el Rey Crepuscular. "Por supuesto, ordené que fueras ejecutado. ¡Le ordené esto al Primer General Retirado, que entonces era el Primer General! ¡Pensé que podía confiarle un asunto tan delicado! Pero luego descubrí que interrumpió mis planes. Sobornó a la comadrona y ella te cambió por un bebé muerto: el niño unicornio. Me informaron que mi hija dio a luz al niño muerto. Y me calmé. Más tarde, mi hija se escapó y desapareció sin dejar rastro. Para no causar pánico en el Reino, tenía que encontrar una chica que se pareciera a ella. Era una actriz de una provincia remota. Fue difícil enseñarle modales reales rápidamente, pero al final resultó ser una estudiante talentosa y lo hizo. Ella ha estado interpretando con éxito el papel de Princesa Crepuscular durante dieciocho años. Incluso su marido, el primo de mi hija real, el duque de Kanna, no sabe la verdad. Y su hijo, a quien reconocí como mi 'nieto', en el futuro, si es necesario, heredará el trono de Akaria.

Tú, querida Erica, fuiste criada por el Primer General Retirado. Deliberadamente te convirtió en el esclavo para esconderte de mí. Y luego, me dijo que se sentía culpable por no darse cuenta de la relación entre la Princesa Crepuscular y el hombre-unicornio. Por lo tanto, quiere expiar su culpa criando a una esclava, en lugar del hijo muerto de la Princesa Crepuscular. Sobre ti, querida nieta, me enteré recientemente. Quería encontrar la tumba de mi supuesto nieto para un propósito específico. Y yo personalmente llegué donde está: al cerro de la casa de campo. Allí vi a una mujer que llevaba flores a la tumba del niño. Ella no sabía quién era yo, porque viajaba de incógnito y con la ayuda del maquillaje cambié mi rostro. Esa mujer resultó ser la partera que una vez ayudó a nacer a mi supuesto 'nieto'.

Nos pusimos a hablar. Quería saber más sobre cómo nació mi nieto. Y gracias a unas monedas de oro, la partera me lo contó todo. La comadrona no sabía quién era la joven a quien le cambió el niño hace dieciocho años. Mi hija, la verdadera Princesa del Crepúsculo, tuvo un embarazo difícil. Por lo tanto, cambió mucho de apariencia: engordó mucho, se le cayó el pelo, se le hinchó la cara. Por lo tanto, la partera no la reconoció, a pesar de la abundancia de retratos de princesas en la prensa. Y también dijo que, en efecto, en la tumba no está el niño que ella ayudó a nacer. Y que la niña real, la niña, fue tomada por un hombre. Y en la tumba descansa otro bebé, el niño unicornio, a quien ese hombre trajo en lugar de un niño nacido. Y el niño unicornio ya estaba muerto en ese momento.

Inmediatamente sospeché que el hombre era el Primer General Retirado. Cambiar la apariencia con maquillaje para pasar desapercibido es una cuestión simple. E inmediatamente quedó claro que la niña unicornio, la esclava a la que una vez llevó a la educación, es mi verdadera nieta. Pero necesitaba tener cuidado. Envié a la gente fiel a enterarse de todo. Estaban viendo al Primer General Retirado. Todo fue confirmado.

¡Pero el Primer General Retirado está muerto! ¡Y ha comenzado el proceso de herencia de su propiedad por parte del Conde de Segundo Grado! ¡Y los esclavos también son propiedad! No podía interferir, porque este es un asunto delicado, no se debe llamar la atención, era mejor esperar. Más tarde quise enviar a una persona fiel disfrazada de amante de las niñas-unicornio a comprarte, mi querida nieta. Pero algo salió mal: ¡El Profesor de Literatura de la Decimotercera Escuela te compró al Conde de Segundo Rango antes de tiempo! Y por alguna razón, el notario que realizó la transacción de compraventa, y el Conde de Segundo Rango, ¡se olvidó de ti! Aunque, ¿por qué deberían recordar a un simple esclavo mestizo? Afortunadamente, la Señorita Capitana Hombre lobo tiene una vasta red de información, ¡y al final logramos encontrarte! ¡Ahora, por fin puedo hacer lo que quería! ¡Pero para esto necesito tu sangre, querida nieta!"

El Rey Crepuscular terminó de hablar. Erica se quedó inmóvil, sobresaltada. Apolo y Alisha tampoco pudieron moverse por la sorpresa. Apolo no se dio cuenta de toda la situación: el Departamento de Información, antes de enviarlo al Mundo de Cronos, le informó muy limitadamente. Alisha también se sorprendió: vivió durante seis meses en el Mundo de Cronos, tratando de encontrar información sobre la Secta 'Gobernante Elegido'. Y, por supuesto, logró aprender mucho sobre la vida local.

"Pero, ¿qué pasa con la Reina del Crepúsculo?" pensó la chica confundida. *"¿De verdad, ella no hizo nada cuando su hija fue exiliada a la residencia de campo y trató de matar a su nieto?*

¿No hizo nada cuando la verdadera Princesa del Crepúsculo escapó? ¿Y entonces aceptó a cierta actriz como su hija, aunque con una apariencia similar? ¿Y dónde está la verdadera Princesa del Crepúsculo entonces? ¿Está viva? ¿O no?"

La Reina del Crepúsculo rara vez aparecía en público. Y rara vez hacía declaraciones. Nadie sabía qué hacía mucho tiempo que había perdido la voluntad y se había convertido en una marioneta obediente en manos del Rey Crepuscular. Después de todo, hace mucho tiempo, antes de que la Princesa Crepuscular se enamorara del hombre unicornio, el Rey Crepuscular decidió convertir a su esposa en una marioneta.

Él y el Jefe de la Secta 'Gobernante Elegido' comenzaron a influir en ella a través de la hipnosis. El Jefe de la Secta conocía varias técnicas para influir en la mente. Y después de una serie de sesiones, inculcó en la Reina Crepuscular una confianza total en el Rey Crepuscular y una actitud crítica hacia las palabras de otras personas. A partir de ese momento, la Reina Crepuscular creía todo lo que le decía su marido. Y ella creía sinceramente que su hija fue herida por el hombre unicornio y fue tratada durante mucho tiempo en la residencia de campo. Y por la misma razón, confundió a la falsa Princesa Crepuscular con su hija. Después de todo, ya que el Rey Crepuscular dijo que era así, ¡entonces es así!

Pero, por supuesto, Alisha no conocía esos detalles.

"Ahora, dame la primera porción de tu sangre", mientras tanto, dijo el Rey Crepuscular.

Sacó un recipiente de una extraña forma curva de debajo de su capa y presionó algo sobre él. Una fina aguja emergió inmediatamente del recipiente. El Rey Crepuscular agarró el brazo de Erica. La capitana Hombre lobo sin más preámbulos, ayudó al maestro a sostener a la niña unicornio.

"¡Déjame ir!" Erica gritó desesperada.

Alisha quería salir de su escondite, pero se contuvo, temiendo que mientras esos dos sujetaban a Erica, pudieran hacerle daño.

Mientras tanto, el recipiente de forma extraña se llenó rápidamente con la sangre de Erica. La niña-unicornio se sentía débil y mareada, le parecía que, junto con la sangre, la vida la abandonaba. Pronto, el Rey Crepuscular sacó una aguja delgada de la mano de su nieta. Su herida sanó instantáneamente: ese recipiente era mágico, especialmente diseñado para recolectar sangre durante los rituales mágicos. Porque, en el Mundo de Cronos, a menudo se requería un poco de sangre del mago que realizaba estos mismos rituales. Por lo tanto, tales vasijas se vendían en tiendas de magia por una tarifa moderada.

De repente, una breve pausa que reinaba en la habitación fue interrumpida por un grito de furia femenina que emanaba de una de las habitaciones del sótano secreto:

"Maldita sea, ¿quién está murmurando otra vez en el pasillo y no me deja dormir? ¡Malditos cultistas! ¡No solo me has capturado, la diosa Eos, me has encerrado en este lugar de mierda, me has privado de café y dulces, sino que tampoco me dejas dormir en paz! ¡Y mi magia dentro de tu estúpida barrera no funciona!"

Al escuchar el grito, Erica se estremeció de sorpresa, la capitana Hombre lobo puso los ojos en blanco y el Rey Crepuscular suspiró. Apolo y Alisha se miraron: por supuesto, era la voz enojada de Eos.

"¡Ayudemos a Eos y Erica!" exclamó Alisha, cancelando su Magia ojos desviados para que Erica pudiera verla. Luego saltó de detrás de la columna.

"¿Erica es esa encantadora doncella unicornio?" Apolo aclaró, también saltando desde detrás del pilar y cancelando su magia de Ojos desviados.

"¡Sí!" Alisha respondió brevemente.

Erica, la capitana Señorita Hombre lobo y el Rey Crepuscular miraron a los intrusos con los ojos muy abiertos. Y el espectáculo ante ellos, en efecto, parecía extraño: la Mujer con cabeza de chacal, que recientemente se había convertido en una celebridad de la ciudad, y un hombre desnudo en una corona de laurel con una pequeña nube justo debajo de la cintura. Y frente a ellos colgaban extrañas 'pantallas' de luz con una inscripción desconocida ('diez por ciento' en griego antiguo) y un pequeño disco giratorio.

Erica y la capitana Hombre lobo abrieron los ojos como platos. El Rey Crepuscular parecía igualmente sorprendido, pero se las arregló para murmurar:

"¿Costumbre de Anubis y Apolo? ¿Y las pantallas holográficas del Robotoid?"

Alisha en este momento solo lanzó hechizos de sueño que rápidamente golpearon al Capitán y al Rey. Y solo entonces se dio cuenta del significado de lo que había dicho el gobernante de Akaria.

"¿Cómo sabe él sobre las costumbres de Anubis, Apolo y Robotoid?" preguntó sorprendida.

El Rey Crepuscular y la capitana Hombre lobo intentaron hacer algo, pero no tuvieron tiempo: los hechizos para dormir comenzaron a funcionar. Y ambos se desplomaron en el suelo, quedándose dormidos de inmediato.

"¡Oh, hermosa doncella!" Apolo saltó hacia Erica. "¡Soy el Dios del Sol Apolo, y mi compañera, la hermosa doncella Alisha, vino a salvarte!"

"Apolo, ahora la ves como un simple hombre desnudo con censura en algunas partes del cuerpo. No asustes a la chica aún más", Alisha lo empujó hacia atrás.

"Pero esta es mi Armadura de la Deidad de la Belleza…" trató de argumentar.

Erica miró estupefacta a la Mujer con Cabeza de Chacal y al hombre desnudo con censura en algunas partes de su cuerpo.

"¿Señorita Alisha? después de una breve pausa, le preguntó a la Mujer con Cabeza de Chacal.

"Hum… ¿Cómo lo supiste? Después de todo, mi voz, cuando estoy usando la máscara de chacal, suena diferente", se sorprendió Alisha, desactivando el casco.

"Olfato: los unicornios tienen un agudo sentido del olfato", respondió Erica. "¿Pero ¿qué haces aquí?"

"Vinimos a rescatar a una amiga".

"¿Apolo y Alisha? ¿Está ahí? ¡Sáquenme de este lugar de mierda donde no hay una gota de café y chocolate!" Eos gritó desde una de las habitaciones del sótano secreto.

"Y aquí está ese amigo..." Alisha y Apolo suspiraron al unísono.

"¿Que estas esperando?" Eos seguía enojada. "¡Sálvame! ¡Ahora!"

"Sí, sí... Ahora te salvaremos..." Alisha suspiró. Luego pensó por un momento y le dijo a Erica. "Por supuesto, escuché de lo que hablaba el Rey Crepúsculo o alguien muy similar a él, pero todo esto es extraño…" La chica miró al hombre que dormía en el suelo. De hecho, era muy similar a los retratos del Rey Crepúsculo de revistas y periódicos. "¿Y cuándo tuvieron tiempo de capturarte?"

"Cuando te fuiste, y su amigo se acercó al señor Profesor de Historia, los guardias de hombres lobo irrumpieron repentinamente en el apartamento", respondió la niña unicornio. "Todos fuimos capturados. Me llevaron al cuartel general de los guardias de hombres lobo, y el profesor de historia y su amigo fueron llevados a la estación de guardia de la ciudad."

"Hmm, la situación es inusual... Está bien, hasta ahora ven con nosotros: aunque no se ven más enemigos aquí, es mejor que no estés solo", decidió Alisha.

Se dirigió a la habitación donde anteriormente se habían escuchado los gritos de ira de Eos. Apolo y Erica la siguieron.

"Hermosa doncella, ¿qué vas a hacer esta noche?" Apolo no cambió sus hábitos y le hizo su amada pregunta a la niña-unicornio.

Erica lo miró sorprendida. Por supuesto, él le parecía extraño. Sin embargo, además de que su nueva Dama resultó ser la mismísima Mujer con Cabeza de Chacal, de la que tanto se habló en las noticias.

Quizás Erica ahora tenía incluso más preguntas que Alisha.

"¿Hermosa doncella?" nuevamente repitió Apolo a la confundida Erica.

"Erica, no prestes atención a la importunidad de Apolo, para él todas las chicas son hermosas. Absolutamente todas las chicas, sin excepción. Él hace o intenta salir con todos. Y a veces, incluso se olvida de ellos", explicó Alisha la situación con las mismas palabras que Hermes le explicó una vez.

"Oh, ya veo..." la chica-unicornio asintió.

Mientras tanto, Alisha, con la ayuda del hechizo Puertas Abiertas, entró en la habitación donde estaba Eos. Por un momento, la niña se congeló en el umbral, tratando de comprender lo que veía. Cuando se dio cuenta, quedó claro lo mal que estaba todo. A saber:

Eos estaba sentada en una espaciosa 'jaula' de resplandecientes barras azuladas. A veces, las fórmulas mágicas destellaban en las barras, destellaban y se apagaban. El principal problema residía en las fórmulas: Alisha nunca las había visto antes.

"¿Qué son estas fórmulas mágicas?" preguntó el sorprendido Apolo, entrando también en la habitación. Él, como Alisha, nunca había visto algo así antes. Aunque vivió mucho más tiempo.

"Las personas que me cautivaron lo llamaron el Artefacto de las Deidades", explicó Eos. "Nunca había visto tales artefactos... ¡Sus fórmulas mágicas son simplemente asombrosas! ¡No puedo salir de esta jaula por mi cuenta! ¡Y mi magia dentro de esta barrera no funciona! ¡No puedo desmaterializar mi cuerpo y regresar al Mundo de los Espíritus! ¡Aunque, afortunadamente, mi Protección Divina, gracias a la cual no puedo ser herida ni dañada, ¡funciona! No sé por qué... Tal vez porque se me aplicó la fórmula mágica de la Protección Divina en forma de tatuaje en microformato. Y ya estaba actuando cuando estaba dentro de la barrera del Artefacto de las Deidades, por lo tanto, siguió actuando más... Aunque todas las fórmulas mágicas que intento crear dentro de la barrera se disipan inmediatamente... Sin embargo, no importa ahora: ¿has derrotado a los miembros de la Secta 'Gobernante Elegido'?"

"¿La Secta del 'Gobernante Elegido'?" Alisha, Apolo e incluso Erica preguntaron al unísono.

"¡Sí, 'Gobernante Elegido'! ¡Después de todo, me capturaron! exclamó Eos emocionada. "Estaba tratando de encontrar nueva información sobre ellos para el Departamento de Información. Caminé por la ciudad usando la magia Ojos Desviados. Solo no lo usé cuando fui de compras al mercado. Como resultado, supe por casualidad que los miembros de la Secta se reúnen en esta casa, disfrazados como seguidores del Sabio Hermes. Traté de seguirlos entrando en la casa y escondiéndome detrás de la magia de Ojos Desviado. Pero al final, cerca de la casa, de alguna manera fui notada y agarrada por el Jefe de la Secta. Hubo una breve batalla entre nosotros, en la que se me cayó el anillo: se me resbaló del dedo, ya que perdí un poco de peso. ¡Y yo estaba completamente indefensa! Y, por cierto, Alisha y mi querido sobrino Apolo, y la niña-unicornio: si ustedes tres aún no se han dado cuenta, ¡entonces el Jefe de la Secta y el Rey Crepuscular están conectados entre sí! ¡El Rey Crepuscular está ayudando en secreto a la Secta del 'Gobernante Elegido'! ¡Y se da a entender que el 'Gobernante Elegido' es él!"

"Entendemos... Pero ahora es mucho más importante: Eos, ¿no te lastimaste? ¿No te hicieron nada? con algo de retraso, Alisha se preocupó.

"No, ya dije que mi Protección Divina sigue funcionando. ¡Después de todo, todos los empleados del Departamento Divino lo tienen! Esta es una Armadura invisible especial; gracias a lo cual simplemente no nos lastimamos. Alisha, ¡tú también tienes Protección Divina!"

"Sí, la tengo", confirmó la joven. "Pero durante medio siglo no puedo acostumbrarme al hecho de que nada puede lastimarme, excepto los artefactos mágicos más altos. Y cada vez que una flecha, una bala o un rayo láser vuela hacia mí, todavía da miedo. Incluso si al momento siguiente rebotan en mí."

Esto es cierto. Después de graduarse de la escuela de magia, Alisha, como todos los demás empleados del Departamento Divino, recibió Protección Divina. Su fórmula mágica se aplicó en forma de un tatuaje discreto en el cuerpo. Por ejemplo, algunos empleados del Departamento Divino tatuaron la fórmula en formato micro debajo del cabello en la cabeza, en el talón o en la parte interna de la pierna. Alisha tenía un micro tatuaje de la Protección Divina debajo del cabello de su cabeza. E incluso si alguien mirara la piel debajo del cabello de la joven, esta persona vería solo una tira delgada que parece una pequeña cicatriz recta desde el costado. Y solo multiplicando la 'cicatriz' se puede ver un tatuaje con fórmulas mágicas.

"En cuanto a los artefactos, Hermes me dijo una vez que en diferentes planetas podría haber artefactos mágicos de la antigüedad", dijo la joven pensativa. "O, a veces, los magos verdaderamente brillantes que crean artefactos complejos pueden nacer en diferentes planetas".

"¡Solo libérame de esta jaula por fin! ¡Y también necesito mi artefacto en Spiritoid! ¿Dónde está?" Eos estaba indignada.

"¡Tenemos tu artefacto!" Apolo respondió con orgullo, mostrando en su dedo el anillo-artefacto de Eos, encontrado previamente en la casa de los seguidores del Sabio Hermes.

"¡Entonces déjame salir! ¿Cuánto tiempo puedo sentarme aquí? ¡Los sectarios vendrán aquí pronto! ¡Y todos tendremos problemas! ¡Y ustedes dos, como puedo ver, sus Armaduras se actualizan en el momento equivocado!"

Apolo y Alisha comenzaron a examinar la jaula de Eos, tratando de encontrar al menos alguna pista para desactivar la barrera. Erica se quedó quieta, parpadeando en estado de shock. Lo que estaba pasando le parecía increíble.

Como resultado, recomponiéndose, la chica-unicornio dijo:

"Señora Maestra de Literatura... ¿Puedes hacerme un pequeño corte en el brazo?"

"¿Qué?" Alisha estaba sorprendida. "Puedo, pero... ¿Por qué?"

"La sangre de algunas chicas-unicornio puede afectar los artefactos, todos lo saben. No he intentado esto antes, pero podemos tratar de liberar a tu amiga de esta manera", respondió ella. "Incluso si soy una mestiza, todavía podría funcionar".

Alisha pensó por un momento. Ella había oído hablar de esto antes.

"Hmm, intentémoslo... Creo que no empeorará", respondió Alisha pensativamente. "De todos modos, no sé qué hacer con estas fórmulas mágicas. ¡Me desconciertan!"

"Y yo", respondieron Eos y Apolo con una sola voz.

Erica se acercó a ella. Alisha, usando un hechizo, creó una pequeña daga de energía e hizo un ligero corte en la palma de la mano de la chica-unicornio. Luego dirigió su mano a la 'jaula' de Eos. Sangre roja goteó sobre los barrotes de la 'jaula' y... Cerca, una pantalla de interfaz de artefacto apareció en el aire.

Sí, exactamente: la pantalla de la interfaz. La mayoría de los artefactos complejos lo tenían. Era posible ingresar usando una combinación de ciertas fórmulas mágicas. Muchos artefactos 'avanzados' tenían una especie de 'contraseñas' de raras combinaciones de fórmulas. Además, había artefactos especiales para 'piratear' otros artefactos. Pero también algunas sustancias eran aptas para 'hackear'. Por ejemplo, la sangre de los fénix dorados y los mocos de los dragones de varios planetas o, en este caso, la sangre de una niña unicornio. Aunque, las sustancias para 'hackear' no ayudaron en todos los casos. La defensa de varios artefactos era muy poderosa. Tal vez pueda decir que Alisha, Eos y Apolo tuvieron mucha suerte de que la sangre de Erica 'hackeara' la 'jaula'.

"Entonces, obtuvimos acceso al control de la 'jaula' ", dijo Alisha, curando la mano de Erica. Gracias a un hechizo curativo, el corte en su mano sanó de inmediato.

"Extraño, pero la interfaz de configuración, aunque parece desactualizada, ¡está perfectamente traducida! ¿Alto, traducida? ¿Cómo es eso? ¿Y por qué exactamente en este idioma?" Apolo abrió mucho los ojos.

Alisha también miró, y cuando se dio cuenta de a qué idioma se traducía la interfaz del artefacto, pronunció su palabra favorita:

"¿Qué?"

Por supuesto, Alisha, Apolo y Eos usaron magia especial para traducir. Pero cuando el usuario de esta magia vio el texto o escuchó el habla en un idioma familiar, la traducción mágica hizo una marca correspondiente en forma de una pequeña marca ilusoria.

"¡Sí, sí, ha sido traducido a uno de los idiomas de la Tierra!" Eos dijo irritada. "¡Me olvidé por completo de decirles a ustedes dos, porque sin café y dulces no puedo pensar bien! ¡El líder de los cultistas, el Jefe de la Secta 'Gobernante Elegido', que me encarceló en esta 'jaula', ¡estaba bien versado en esta interfaz! ¡Ahora déjame salir de aquí inmediatamente! ¡Deja de despotricar!"

"Sí, por supuesto…" respondió Alisha, buscando la función deseada en la interfaz del artefacto.

Erica miró lo que estaba pasando con sorpresa. Hasta ahora, nadie le ha explicado quién es realmente Alisha, quiénes son Eos y Apolo. ¿De qué lenguaje 'Tierra' están hablando? ¿Es la 'Tierra' un lugar así en el Mundo de Cronos? ¿Algún tipo de club? ¿O un código secreto? ¿O tal vez otra secta nueva, como el 'Gobernante elegido'? La chica-unicornio no lo sabía.

Mientras tanto, Alisha presionó la función de apagado del artefacto. La 'jaula' emitió un ligero zumbido, brilló por un momento con una luz brillante y desapareció. No aparecieron fórmulas mágicas para la desactivación cerca: significa que el artefacto, con la ayuda de la cual se creó la 'jaula', estaba en un lugar diferente. Y a partir de aquí la 'jaula' solo se podía desactivar, pero no volver a crear.

Eos, que había estado sentada en el suelo hasta ese momento, se puso de pie y se estiró:

"¡Soy libre! ¡Hubiera sido bueno devolver mi Modificación de la Armadura Divina del Sol del Amanecer, pero fue tomada por el Jefe de la Secta 'Gobernante Elegido'! ¡Estas personas extrañas se llevaron todas mis joyas, porque sospechaban que podría haber artefactos entre ellas! ¡'Suerte' que mi artefacto en Spiritoid se perdió, y ustedes dos lo encontraron! Ahora invocaré mi Armadura..."

Eos comenzó a lanzar un hechizo y dibujar con la mano en el aire las fórmulas mágicas del Hechizo del Retorno. Era un hechizo especial que encuentra armaduras perdidas u otros objetos mágicos. Creó un pequeño corredor espacial y devolvió el artículo al propietario. Pero solo funcionaba si el propietario del artículo ponía una marca y una firma mágica en él. Se usó una firma mágica similar en el Hechizo del Retorno. De lo contrario, el Hechizo de Retorno simplemente no podría encontrar el objeto deseado.

"Tía Eos, no quiero distraerte, pero... Dijiste que el Jefe de la Secta estaba bien versado en la interfaz del artefacto, traducida a uno de los idiomas de la Tierra", dijo Apolo. "¿Esto es cierto?"

"¡Hurra! ¡Recuperé mi Armadura!" Mientras tanto, Eos exclamó felizmente, ignorando la pregunta.

Un pequeño arete traslúcido apareció en su mano, similar al que tenía Apolo. Con un suspiro de alivio, la chica insertó el arete en su oreja y tomó su anillo de artefacto en Spiritoid del Dios del Sol.

"Entonces, querido sobrino, ahora responderé tu pregunta", respondió ella. "Sí, es cierto que el Jefe de la Secta conoce uno de los idiomas de la Tierra. Y a veces se comunica en este idioma con la persona que se llama el 'Rey del Crepúsculo' en este mundo."

Apolo y Alisha se miraron significativamente. Erica todavía no entendía, pero pensó: *"Tal vez este es el idioma antiguo de una de las islas distantes..."*

Alisha expresó sus pensamientos:

"¿Podría ser que el Rey Crepuscular y el Jefe de la Secta son de la Tierra?"

"Es posible..." Apolo asintió. "Esto sucede, aunque rara vez: se forman espacios aleatorios en el espacio y las personas de un planeta habitado caen sobre otro. Pero al final vuelven: el espacio siempre corrige sus errores. Por lo tanto, aparecieron historias sobre otros mundos y criaturas asombrosas en muchos planetas. ¡Pero, por otro lado, el Departamento de Información no tiene información de que el Rey Crepuscular vino aquí desde la Tierra! Aún así, muchas personas en sus países siguen el destino de los gobernantes y sus herederos. Y, gracias a ello, el Departamento de Información dispone de la información necesaria. Pero esto no se puede decir con certeza sobre el Jefe de la Secta... Sabemos poco sobre él. En teoría, podría enseñarle al Rey Crepuscular uno de los idiomas de la Tierra."

"Así es, es posible", confirmó Eos. "Pero no olvides que existe otra posibilidad: el Rey Crepuscular o Jefe de la Secta puede ser la reencarnación de una persona que vivió en la Tierra en una vida anterior. La probabilidad es extremadamente baja, pero a veces sucede que las personas recuerdan sus vidas pasadas".

"La posibilidad de que esto sea extremadamente pequeña..." respondió Alisha. "Además, los Departamentos Divinos de todos los países del Mundo de los Espíritus, si se enteran de personas que recuerdan sus vidas pasadas, ¡envían 'Borradores' para sellar esos recuerdos! ¡De lo contrario, pueden surgir problemas que afecten el curso natural de las cosas!"

Las palabras de Alisha eran ciertas. Aunque, por supuesto, los Departamentos Divinos no pudieron rastrear todos los casos. Eos quería decir esto, cuando de repente todos escucharon los pasos de muchas personas que se acercaban rápidamente.

"Mal... Deberíamos habernos ido de inmediato, y no haber hablado..." Eos puso los ojos en blanco con tristeza. "No pensé en eso en absoluto".

"Me siento como un personaje de fantasía de tercera categoría que tiene la culpa de sus propios problemas..." Alisha también puso los ojos en blanco con tristeza.

"¡Oh, mi Armadura ha sido actualizada!" Apolo de repente exclamó con alegría.

"¡Y el mío también!" Alisha de repente entendió y felizmente confirmó, mirando su pantalla de descarga de actualización, que orgullosamente indicaba que la actualización estaba completa al 100 por ciento.

"La Magia de Desviar Ojos es inútil si el Jefe de la Secta está allí", dijo Eos. "No tiene ningún efecto sobre él. Pero podemos intentar usar su fórmula mejorada. De todos modos, no hay a dónde huir desde aquí: no podremos pasar desapercibidos".

Alisha y Apolo estuvieron de acuerdo con ella y lanzaron hechizos. También escondieron a Erica con sus hechizos.

La chica-unicornio todavía no entendía. *"¿Tal vez estoy soñando?"* pensó. *"Y todo este día es solo un sueño. Y las últimas dos semanas también... Y cuando despierte, estaré todavía en la casa del Conde de Segundo Grado, sirviendo a su caprichosa hija..."*

Mientras tanto, los pasos se acercaron rápidamente.

"¿Su Majestad y la Dama Capitán Hombre Lobo?" hubo un grito de hombre. "¡Rápidamente, sirvientes, háganlos entrar en razón!"

"¡Sí, señor!" respondieron varias voces.

Al momento siguiente, en la habitación donde estaban Alisha, Erica, Apolo y Eos, el Jefe de la Secta se precipitó, acompañado por sus sectarios del 'Gobernante Elegido'.

Capítulo 8. La Dama Pirata Oscura, Erica y Alisha. Jefe de la Secta, el Frenesí del Rey Crepuscular.

Por un momento, Erica, Alisha, Apolo y Eos permanecieron inmóviles, para no hacer sonidos innecesarios, y esperando el efecto del hechizo mejorado de Ojos Desviados. Parecía que los sectarios no los veían. Más precisamente, los ven, pero no les prestan más atención que al polvo del suelo.

"Señor, no hay nadie aquí..." finalmente, uno de los sectarios dijo tímidamente.

"¡Idiotas! ¡Por supuesto, no hay nadie aquí ahora! ¡Aunque debe estar la joven llamada Eos en cautiverio en el Artefacto de las Deidades, la Jaula Fantasma!" gritó el Jefe de la Secta.

"Entonces, ahora no nos ve..." Eos entendió.

Y ella no entendía nada: ¿cómo pudo el Jefe de la Secta haberla visto por última vez?

Mientras tanto, el Jefe de la Secta sacó un disco carmesí plano del bolsillo de su túnica larga, del tamaño de la palma de la mano de un adulto y de un centímetro de grosor.

"La Jaula Fantasma muestra notificaciones de cuales barreras en la jaula están activas y cuáles no", siseó con saña el Jefe de la Secta. "Al principio pensé que el Rey Crepuscular había desactivado la jaula con Eos por alguna razón con la sangre de la niña unicornio, pero Su Majestad estaba inconsciente. Pero luego revisé el Lente de Notificación conectado al sistema de seguridad de la casa de los seguidores del Sabio Hermes, y esta mazmorra... ¡Y resultó que algunos pícaros habían invadido! ¡Además, la barrera de seguridad ya los ha detectado en la mazmorra!"

"Probablemente cuando Apolo y yo desactivamos la magia de desvío de ojos por un tiempo para que Erica pudiera vernos", se dio cuenta Alisha.

La situación en su opinión resultó ser cómica. ¡Ella, Apolo, Eos y Erica, protegidos por la magia Ojos Desviados, se paran ante el Jefe de la Secta y los cultistas del 'Gobernante Elegido'! ¡Y el Rey del Crepúsculo, gobernante de Akaria, y la formidable Capitana Hombre lobo están profundamente dormidos en el pasillo!

Mientras tanto, un grito llegó desde el corredor:

"¡Jefe Maestro de la Secta! ¡No podemos despertar al Rey Crepuscular y a la capitana Señorita Hombre lobo! ¡Están profundamente dormidos!"

Apolo se rió un poco y se estremeció ligeramente con una risa silenciosa: por supuesto, ¡los hechizos para dormir funcionaron a la perfección!

Y de repente sucedió algo increíble: ¡el Jefe de la Secta miró fijamente el lugar donde estaba Apolo!

"¡Hay movimiento! ¡Vi movimiento!" el exclamó. ¡Hay alguien aquí! ¡Se están escondiendo con magia!"

El Jefe de la Secta no debería haber visto ningún movimiento de Apolo, Alisha, Eos o Erica mientras estaban protegidos por una magia de Ojos Desviado mejorada. El hechizo siempre ha funcionado perfectamente. Y la reacción del Jefe de la Secta fue extraña. Tal vez si los espíritus-deidades, la deidad menor y la chica-unicornio no se hubieran movido más, él no los habría notado.

Sin embargo, el personal del Departamento Divino y Erica no estaban al tanto de esto. E involuntariamente comenzaron a moverse. Esto se convirtió en su error fatal, ya que el Jefe de la Secta comenzaría a verlos si se movían.

"¡Aquí! ¡La niña-unicornio, Eos, un chico desnudo y una chica con orejas de gato o de perro! ¡Agarralos!"

Rápidamente dibujó algún tipo de fórmula mágica, gracias a la cual sus subordinados también vieron a Erica y los empleados del Departamento Divino.

"¡Hombre desnudo! ¡Qué descarado!" exclamó uno, mirando a Apolo.

"¡La niña con orejas de gato o de perro tiene ropa como la Mujer con Cabeza de Chacal! ¡La he visto antes en la ciudad!" exclamó otro.

"¡Nos ven!" Alisha se quejó, sin entender cómo esto era posible en absoluto.

Sin embargo, debe admitir que la niña no se sorprendió. Rápidamente comenzó a dibujar fórmulas mágicas y lanzar hechizos.

Y ahora, un momento después, hechizos de sueño cayeron sobre el Jefe de la Secta y sus cultistas (incluso los que permanecían en otra habitación, al lado del Rey y el Capitán).

En condiciones normales, los hechizos de sueño deberían haber funcionado tan perfectamente como el Rey Crepuscular y la Capitana Hombre lobo, Pero algo salió mal de nuevo. Todos los sectarios se durmieron, cayendo al suelo, excepto el Jefe de la Secta.

"¡Decir ah! ¡No funciona para mí!" el exclamó. "¡A diferencia del Rey Crepuscular, estoy protegido de la influencia de la magia alienígena!"

Y comenzó a crear fórmulas mágicas y el hechizo de Ataduras en Cadenas de Hielo. Alisha, así como Apolo y Eos, activaron sus armaduras. La Modificación de la Armadura Divina del Amanecer del Sol de Eos parecía una túnica dorada clara hasta la rodilla con sandalias doradas. Detrás de ella, aparecieron alas de oro rosa, una característica de la Modificación del Amanecer. Y en su frente apareció un cristal rosa, también una característica de esta Modificación. La simple Armadura del Sol no tenía alas, sino que tenía sandalias doradas aladas. Y el cristal en la frente apareció en forma de un sol dorado.

Apolo, Alisha y Eos comenzaron a crear barreras protectoras. Erica, sin usar magia, solo podía alejarse para no interferir. Se produjo una batalla corta pero feroz entre el personal del Departamento Divino y el Jefe de la Secta. Y, por extraño que parezca, el Jefe de la Secta ganó de alguna manera impensable...

"¡Es imposible! ¿Por qué nuestras armaduras y nuestra magia antigua son impotentes?" Alisha no entendió.

Apolo y Eos no dijeron nada, pero mentalmente estuvieron de acuerdo con ella. Lo que estaba sucediendo contradecía su lógica habitual.

Mientras tanto, el Jefe de la Secta ha creado una nueva fórmula mágica. Alisha no entendía lo que había sucedido, pero se sintió asfixiada. Los poderes la abandonaron, los hechizos que usó dejaron de funcionar. Lo mismo sucedió con Apolo y Eos. La joven no podía pensar, solo jadeaba convulsivamente.

Erica, sobre quien el Jefe de la Secta no usó magia terrible, exclamó:

"¡Te apuesto! ¡Para! ¡Sálvatelas! ¡Haré lo que tú digas! ¡Pero suelta a mi Señora!"

"¡Gente como ellos interferirá con nuestros planes en el futuro! ¡Son una amenaza para mí y para el Rey Crepuscular!

¡Tengo que deshacerme de ellos!" respondió el Jefe de la Secta con una sonrisa sádica mientras continuaba lanzando el hechizo.

"¡No! ¡Para!" Erica volvió a gritar desesperada.

Quería intentar atacarlo, pero sucedió algo inesperado.

"¡Penosamente! ¡El artefacto jaula fantasma se está quemando!" el Jefe de la Secta de repente rugió. Sin saberlo, dejó caer el disco del artefacto de sus manos. "¿Qué es esto?... ¿Qué está pasando?"

Mientras se distraía y perdía el control del hechizo, Alisha, Eos y Apolo finalmente pudieron respirar.

Mientras tanto, el disco del artefacto jaula fantasma que cayó al suelo comenzó a latir, y desde allí se escuchó una voz mecánica:

"¡Peligro peligro! ¡Nivel de alarma de fuente aumentado! ¡Se está ejecutando un código especial! ¡Arranque de emergencia! ¡Comienza el movimiento de la Fuente y las causas de la alarma de la Fuente a un lugar seguro!"

Y cuatro rayos carmesíes escaparon del disco, que rápidamente envolvió a Erica, Alisha, Eos y Apolo. Y antes de que nadie pudiera entender nada, la niña-unicornio y el personal del Departamento Divino desaparecieron en un resplandor carmesí.

El Jefe de la Secta se quedó solo, en un completo estupor. El artefacto yacía en el suelo como si nada hubiera pasado.

"¡Niña!... ¡Se escapó!" finalmente, al darse cuenta de lo que había sucedido, exclamó el Jefe de la Secta.

"Cómo... se escapó..." dijo una débil voz desde atrás.

Mirando hacia atrás, el Jefe de la Secta vio al Rey Crepuscular apoyado contra la pared. La magia del sueño aún no había pasado, y apenas podía mantenerse en pie. Su cabeza daba vueltas y sus ojos se cerraban.

"¿Su Majestad? ¿Te despertaste? ¿Tan rápido?"

"No olvides... que no soy... del todo humano..." respondió el Rey Crepuscular. "La chica con ropa extraña… que usaba hechizos para dormir… no sabía nada… y no tomaba en cuenta… en sus fórmulas mágicas… Por lo tanto, me desperté rápidamente… Aunque, la Capitana Hombre lobo... aun esta dormida... La chica que usaba magia... usó diferentes fórmulas para el Capitán..."

El Rey Crepuscular se hundió en el suelo, exhausto. Aunque se despertó, no tenía fuerzas. El efecto residual del hechizo todavía duraba.

"¿Entonces qué pasó?" le preguntó al Jefe de la Secta.

¡Se han escapado! ¡Escapado!" gritó.

Pero luego respiró hondo, trató de controlarse, se calmó un poco y le contó todo brevemente al Rey Crepuscular.

Se sentó somnoliento, apoyado contra la pared.

"Esto es… malo…" dijo después de una breve pausa. "Y la forma en que se comportó la Jaula Fantasma... Es muy extraña... Pero no todo está perdido... Logré... tomar la sangre de mi nieta... Está en el recipiente mágico... Para el primer paso de nuestro plan. Eso es suficiente... Necesitamos la sangre o el hueso de al menos un pariente consanguíneo de uno de los participantes en el ritual para activar nuestro ritual. Tú, líder de la secta, no tienes parientes y no sabes dónde están sus tumbas... No puedo abrir las tumbas selladas del anterior Rey Crepuscular y mis hermanos; la gente puede notarlo... No necesito rumores adicionales... Mi verdadera madre, como saben, fue incendiada, de acuerdo con las tradiciones de su pueblo... El Rey Crepuscular anterior se encargó de esto demasiado bien... Y mi verdadera hija desapareció hace muchos años sin un rastro... Por lo tanto, tenía que encontrar a mi nieta... Idealmente, la sangre o los huesos de un pariente son necesarios en el ritual y más... Pero después de la activación... Podemos usar la sangre o los huesos de otra persona — en teoría, debería funcionar, solo que lleva más tiempo..."

"¡Su Majestad! ¡Eres tan brillante! ¿Qué puedo hacer por ti?" el Jefe de la Secta se regocijó.

"Mata a la capitana Señorita Hombre lobo con tu daga... Ella... sabe demasiado... Tenemos que matarla... mientras todos los demás duermen... Al mismo tiempo, usamos su sangre en el futuro. ritual... Si de repente nuestro ritual no tiene éxito, y nos quedamos en este mundo, entonces le echaremos toda la culpa a mi nieta y a Eos... Y a esos extraños chico y chica... que trastornaron nuestros planes...."

"¡Y luego, todos los hombres lobo, deseando vengar a su respetado Capitán, nos sacarán a esas niñas y niño incluso de debajo de la tierra!" entendió el Jefe de la Secta. "Sin embargo, tal vez esto no suceda. ¡Si tenemos éxito, entonces no habrá nadie para reclamar la muerte del Capitán!"

"Exactamente... Lo hiciste bien..." asintió el Rey Crepuscular. "Espero que nuestro plan tenga éxito. Y volveremos de nuevo al mundo que deseamos".

El Rey Crepuscular y el Jefe de la Secta intercambiaron miradas. El destino de la capitana Señorita Hombre lobo estaba sellado...

***

Mientras tanto, Eos, Erica, Alisha y Apolo miraban estupefactos a su alrededor. Y realmente había algo de lo que sorprenderse por ellos. Porque, desde un calabozo secreto, se trasladaron a alguna costa arenosa desconocida. Todo alrededor era arena blanca bañada por las olas turquesas del mar. El sol se estaba poniendo, sus rayos escarlatas brillaban sobre las olas.

Las olas arrastraban sobre la arena numerosas conchas y extravagantes plantas marinas.

"¿Qué? ¿Dónde estamos?" Alisha fue la primera en romper el prolongado silencio.

Apolo y Eos se sentaron uno al lado del otro en la arena, con los ojos muy abiertos por la sorpresa. Erica, no menos sorprendida, se quedó inmóvil.

"¿Es esto una ilusión?" finalmente preguntó Eos.

Alisha no se sorprendió por el comentario de la Diosa del Amanecer. De hecho, para mover un cuerpo vivo animado en el espacio, se requería una cantidad increíble de energía mágica. Por lo tanto, incluso los habitantes del Mundo de los Espíritus, las deidades espirituales no usaron tal magia (y si se usa, solo los más poderosos y rara vez). Para moverse entre los 'mundos', es decir, los planetas habitados, los espíritus-dioses 'desechaban' cuerpos materiales. Se movían entre mundos en forma espiritual. Y ya en el lugar correcto, con la ayuda de la magia, reunieron átomos y moléculas adecuadas del entorno. Y así formaron huesos, músculos, sangre, piel, órganos internos, cabello, etc.

Por supuesto, había firmas mágicas para mover objetos en el espacio. Pero se usaron solo para objetos inorgánicos o para objetos orgánicos inanimados (por ejemplo, plantas). Es extremadamente difícil mover incluso una sola criatura viviente animada.

Por lo tanto, ¡el movimiento en el espacio de cuatro adultos al mismo tiempo es algo sin precedentes! Por lo tanto, no sorprende que Eos decidiera que todos estaban repentinamente dentro de una ilusión.

Sin embargo, Eos no habría sido Eos si no hubiera sido una experimentada antigua Diosa del Amanecer. Por lo tanto, mirando a su alrededor con más atención, se dijo a sí misma:

"No, no es una ilusión... ¡Pero me resulta difícil creer que una magia tan poderosa haya sido utilizada para mover a cuatro adultos a la vez! Si solo..."

De repente, vaciló.

"¿Y sí?" preguntó Alisha.

"Esos cultistas mencionaron Artefacto de las Deidades. Y la Jaula Fantasma, con la que pudieron capturarme, también parecía pertenecer a esos artefactos…" respondió Eos. "Aparentemente, fue este artefacto lo que nos trajo aquí. Y esto sucedió luego de que esta joven experimentara un fuerte shock emocional. Y la jaula fantasma la identificó como la 'Fuente' ", Eos miró deliberadamente a Erica.

Estaba avergonzada.

"No sé nada de esto," balbuceó. "¿Tal vez es por las peculiaridades de la sangre de las chicas-unicornio?"

"De hecho, la sangre de las chicas-unicornio del Mundo de Cronos puede 'hackear' varios artefactos", asintió Apolo. "Aun así, la situación es extraña".

"De hecho…" Alisha asintió.

Miró a Erica. La chica estaba completamente confundida.

"Erica, escuché al Rey Crepuscular decir que eres su nieta y la hija de una verdadera Princesa Crepuscular. Y que necesitaba tu sangre", dijo Alisha.

"No sabía nada de esto hasta hoy", respondió la chica-unicornio. "Se las arregló para llevar un poco de mi sangre a un recipiente mágico... Dijo que ahora podía hacer lo que quisiera. La sangre es necesaria para muchos rituales mágicos. Pero, por lo general, los magos usan su propia sangre, no la de otra persona.

"Eos, ¿sabes algo?" preguntó Apolo. "Estuviste en su cautiverio. ¿Quizás escuchaste algo?"

"No, no sé nada", negó con la cabeza. "Mencionaron los Artefactos de las Deidades en mi presencia, pero no sé nada más. No dijeron nada sobre los planes del Rey Crepuscular. Más precisamente, no lo mencionaron en absoluto. Solo escuché que el Rey Crepuscular necesitaba la sangre de Erica cuando él mismo apareció en la mazmorra con la capitana Señorita Hombre lobo y su nieta, Erica. Parece que los cultistas de base no sabían que su Jefe y el Rey Crepuscular estaban conectados".

"¿Pero de qué solían hablar los sectarios entonces?" preguntó Alisha.

"Que deben cumplir las órdenes del Jefe de la Secta", respondió Eos. "Y según tengo entendido, a veces secuestraron y mataron a personas de alto rango de Akaria, Victorianica y Ainika. No sé nada más, aunque tuve que obtener nueva información para el Departamento de Información".

"Hermes me envió a Cronos, a Akaria, para que pudiera lidiar con esta situación..." Alisha suspiró. "Eso es, para que pueda averiguar los verdaderos motivos del 'Gobernante Elegido' y, si es necesario, neutralizar a los sectarios. Pero durante seis meses, no he encontrado ninguna pista importante..."

"Digo que parece que los propios miembros de la Secta no son conscientes de la conexión entre su Jefe y el Rey Crepuscular", repitió Eos. "Son más como simples fanáticos, que, ¡ay!, bastan en todos los mundos. A menos que las razones del fanatismo sean diferentes... Creían que debía aparecer un gobernante elegido por las deidades. Alguien creyó que era el Rey Crepuscular. Y alguien creyó que era la Princesa del Crepúsculo o su hijo. Ninguno de ellos lo sabía con certeza. ¡Simplemente estaban siguiendo las órdenes del Jefe de la Secta, quien declaró estar viendo las señales de las deidades!"

"El Jefe de la Secta... Nos notó mientras estábamos protegidos por la Magia Ojo Desviado mejorada. Esto es muy inusual para una persona de Cronos..." Alisha suspiró.

"Y su artefacto jaula fantasma me sorprendió. ¿Es posible que este sea uno de los artefactos legendarios de la antigüedad?" apoyado por Apolo. "Aunque también me sorprendieron las fórmulas de la barrera protectora dentro de la casa de los 'seguidores del Sabio Hermes'... Y la interfaz del artefacto fue traducida a uno de los idiomas de la Tierra".

"Pero esto ya es bastante extraño..." estuvo de acuerdo Alisha. "¿Podría ser, como dijo Eos antes, que el Rey Crepuscular o el Jefe de la Secta pueden ser reencarnaciones de humanos de la Tierra?"

"La probabilidad es baja, pero no imposible", asintió Eos. Y luego agregó: "En cualquier caso, tenemos que entender: ¿dónde estamos ahora?".

"Aparentemente, estamos en las Islas Lunares", dijo Erica, que había estado en silencio hasta ahora. Señaló las conchas marinas y las algas arrastradas por la playa y agregó: "¿Ves? Estos mariscos y algas solo se encuentran en las Islas Lunares".

"Nos hemos alejado demasiado de Akaria..." la Diosa del Amanecer, el Dios del Sol y la Deidad Menor dijeron en una sola voz. Antes de partir hacia el Mundo de Cronos, todos se familiarizaron con su geografía general y comprendieron aproximadamente dónde se encuentran ahora.

"Mi señora..." Erica se dirigió a Alisha. "Por favor, explícame qué está pasando. ¿Por qué mencionas al Sabio Hermes? ¿Y qué es la 'Tierra'? ¿Y por qué tú y tus amigos están vestidos tan extraño ahora? ¿Y por qué estás investigando el caso de la Secta 'Gobernante Elegido'? ¿Quiénes sois todos? ¿Qué está pasando?"

Alisha, Apolo y Eos intercambiaron miradas.

"No tenemos prohibido hablar de nosotros si es necesario", asintió Apolo. Eos también asintió afirmativamente.

"Bueno, Erica, entonces déjame contarte todo desde el principio..." respondió Alisha y comenzó su historia.

Le contó brevemente a la niña-unicornio sobre el Mundo de los Espíritus, sobre cómo se convirtió en la Deidad Menor, sobre el Departamento Divino, sobre Hermes, sobre otras deidades, sobre el Oráculo de Olimpia, sobre su última misión. Erica escuchó, con los ojos muy abiertos por la sorpresa.

Finalmente, cuando la joven terminó su historia, se hizo el silencio.

"Esto es muy inusual..." dijo Erica después de una larga pausa. "Es difícil para mí creerlo, pero si es verdad, explicaría muchas cosas. Especialmente a la luz de los eventos recientes".

"Sí..." Alisha asintió. Y luego agregó: "En cualquier caso, tenemos que salir de aquí. No sé qué traman realmente el Rey Crepuscular y el Jefe de la Secta, ¡pero lograron obtener la sangre de Erica para sus oscuros planes! ¡Y tenemos que darnos prisa para detenerlos!"

"No podemos teletransportarnos a nosotros mismos en cuerpos materiales. Para regresar rápidamente a Akaria, tendremos que "deshacernos" de nuestros cuerpos actuales. En forma espiritual, podemos pasar a Kanna. O bien, primero podemos regresar al

Mundo de los Espíritus", dijo Apolo. "Porque desde allí será más conveniente llegar a cualquier punto del Mundo de Cronos."

Pero, ¿y Erica? preguntó Eos. "¡No podemos simplemente dejarla!"

"Hmm... Probablemente tendrá que quedarse aquí por ahora", respondió Apolo. "En el texto de referencia del Departamento de Información, no he visto grandes depredadores viviendo en las Islas Lunares. Al menos, si la información no está desactualizada".

"Apolo, ¿cómo lees la información sobre diferentes mundos?" Alisha puso los ojos en blanco.

"Con los ojos... ¿Qué?" la pregunta de la joven lo 'puso' en un estupor.

"Entonces, ¿cómo puedes olvidar que la base de la Señorita Pirata Oscura está ubicada en las Islas Lunares? ¡Esa misma Señorita Pirata Oscura, la corsaria legendaria del Reino de Victorianica!" Alisha respondió.

"¿En serio?" Eos se preguntó. Leyó la información sobre los mundos tan distraídamente como Apolo.

"Es verdad," Erica asintió. "La Dama Pirata Oscura es la corsaria "noble" de Victorianica, una hábil estratega y una valiente guerrera. Evita asesinatos innecesarios y, como dice la gente, ha acumulado tesoros incalculables. Se ha asignado una gran recompensa a su cabeza. El Rey Crepuscular también promete una recompensa por su cabeza: cien mil de oro. Pero ella es la corsaria oficial de Victorianica, es decir, actúa con el permiso de ese Reino. Y a pesar de la paz oficial con Akaria, Victorianica nunca traiciona a sus corsarios. Sin embargo, Akaria también tiene sus propios corsarios, que también atormentan a las naves de otros reinos... Hablando específicamente de la Dama Pirata Oscura, su base está en las Islas Lunares. Y la ironía es que los otros reinos no pueden hacer nada a pesar de que saben dónde está su base. Primero, lleva mucho tiempo navegar a las Islas Lunares. En segundo lugar, están en aguas neutrales. Y, en tercer lugar, la Dama Pirata Oscura es la corsaria de Victorianica, es decir, es súbdita de ese Reino, aunque no oficial. Y atacar a la Dama Pirata Oscura mientras está en las Islas Lunares sería considerado una declaración de guerra a su país. Por lo tanto, como la Dama Pirata Oscura, otros corsarios en Victorianica y otros reinos también tienen bases en otras aguas neutrales."

"Así es", una voz desconocida de repente sonó desde un lado.

Mirando a su alrededor, Alisha, Erica, Apolo y Eos vieron a una mujer con cabello largo y oscuro rodeada por varios matones obvios. Cuando la miraron, Alisha y Erica entendieron de inmediato:

frente a ellos estaba la Dama Pirata Oscura. Al final, sus retratos colgaban en abundancia en los puestos callejeros de Akaria con la inscripción: "¡Se busca!" y el monto del premio.

El personal del Departamento Divino y la chica-unicornio estaban tan absortos en la conversación que no notaron su apariencia.

"¿Quiénes son y qué estás haciendo en nuestro territorio?" frunciendo el ceño, la mujer les preguntó.

"¡Oops, lanza la magia de desviar ojos!" exclamaron Eos y Apolo.

"¡Esperar!" Alisha los detuvo de repente. Un plan audaz vino a su mente. Y ella dijo: "Tú eres la Dama Pirata Oscura, ¿no?"

"Sí, así es", asintió la mujer, todavía con el ceño fruncido. "Pero repito: ¿Quiénes son eres y de dónde vienen? ¿Y dónde está tu barco? ¿O terminaste en las Islas Lunares de una manera diferente?"

"Somos de Akaria. Debido a la confrontación con el Rey Crepuscular, terminamos en tu territorio sin un barco", respondió Alisha.

"¿Y cómo es esto posible: estar en las Islas Lunares sin un barco?" preguntó la Dama Pirata Oscura con escepticismo. "¿Caíste del cielo? ¿O has sido transportado por una magia increíblemente poderosa aquí?"

La gente de la Dama Pirata Oscura se rió. De hecho, en el Mundo de Cronos a veces bromeaba sobre la aparición inesperada de alguien con las palabras: "¿Magia increíblemente poderosa transportada aquí?" Después de todo, incluso para los habitantes del Mundo de los Espíritus con su poderosa magia, era extremadamente difícil moverse. un objeto animado orgánico en el espacio, entonces, ¿qué se puede decir acerca de la magia del Mundo de Cronos?

"Sí, la magia nos trajo aquí", mientras tanto, Alisha asintió.

"¡Jajaja! ¡Magia!" la Dama Pirata Oscura y su séquito se rieron de nuevo.

Pero al ver que los extraños están parados con expresiones serias en sus rostros, y no hay barco, bote, balsa o incluso sus restos, los piratas gradualmente dejaron de reír.

"¿Qué? ¿En serio?" preguntó un corpulento pirata con un pañuelo rojo.

"El Rey Crepuscular está detrás de esta chica porque necesita su sangre para algún tipo de ritual", continuó Alisha sin una pizca de broma, señalando a Erica. "Durante el conflicto con el Rey Crepuscular, sucedió algo extraño y el artefacto Jaula Fantasma nos trajo aquí".

"Alisha, ¿estás segura de que es una buena idea contar todo tan fácil?" preguntó Apolo.

"Creo que es mejor decir la verdad que ocultarla. De todos modos, necesitamos ayuda, y difícilmente podemos pedirle a nadie más que a ellos", respondió la joven.

La Dama Pirata Oscura frunció el ceño ante la mención del Rey Crepuscular y la Jaula Fantasma.

"¿El Jefe de la Secta tenía la Jaula Fantasma?" ella preguntó.

"¿Cómo lo sabes?" Eos, Alisha, Apolo y Erica preguntaron unánimemente.

"En el pasado, antes de convertirme en la Dama Pirata Oscura, conocí a esa persona. Entonces aún no era el Jefe de la Secta del 'Gobernante Elegido', sino un simple sacerdote del Templo de Oberón", respondió la Dama Pirata Oscura.

Luego miró cuidadosamente a Alisha y sus compañeros nuevamente. Su mirada se demoró en Erica durante mucho tiempo y la sorpresa se deslizó por sus ojos por un momento.

"¿Cuál es tu verdadero nombre, niña-unicornio?" le preguntó la Dama Pirata Oscura.

"Erica…" respondió ella sorprendida, sin entender un interés tan creciente en su persona.

"Erica..." repitió la Dama Pirata Oscura. "¿Estás libre? ¿O un esclavo?"

"Esclavo", respondió ella brevemente.

"¿Quién es tu dueño?"

"Mi señora", respondió la niña, señalando a Alisha.

"¿Y cuánto tiempo?" Continuó cuestionando a la Dama Pirata Oscura.

"Dos semanas."

"Antes de eso, ¿quién era tu dueño?"

"Conde de Segundo Grado. Y antes que él, el primer general retirado".

Ante la mención del Primer General Retirado, los ojos de la Dama Pirata Oscura se abrieron como platos por un momento.

"Escuché que murió recientemente... ¿Es eso cierto?" ella preguntó.

"Sí, abuelo... quiero decir, el Primer General Retirado falleció recientemente", confirmó Erica. "¿Lo conocía Usted?"

"Érase una vez", respondió vagamente, sin dejar de mirar a Erica.

La gente de la Dama Pirata Oscura comenzó a adivinar algo y se miraron significativamente. Apolo y Eos también entendieron algo.

Alisha y Erica se sintieron como perezosas y se miraron desconcertadas.

"¿Qué?" Alisha pronunció su palabra favorita.

"Todos ustedes son muy extraños. El hombre casi desnudo con la nube justo debajo de la cintura, la mujer con alas de oro rosa, la mujer con orejas de gato o de chacal... Y la niña-unicornio..." dijo la Dama Pirata Oscura. "No sé qué tan cierta es su historia sobre el Rey Crepuscular, aunque no excluyó la posibilidad de que todos ustedes se hayan reunido con él y el Jefe de la Secta. Porque casi nadie sabe acerca de la Jaula Fantasma. Un barco, un bote, una balsa o un naufragio, tampoco veo alrededor... Bueno, creo que al menos puedo escuchar tu historia. Ven con nosotros. Pero antes de eso, entrega todas tus armas."

"No tenemos armas en el sentido habitual", respondió Apolo. "Pero podemos desactivar nuestras armaduras".

Cosa que hizo al momento siguiente. La Dama Pirata Oscura y su gente exclamaron con sorpresa cuando Apolo, de un hombre casi desnudo con una corona de laurel en la cabeza y una nube debajo de la cintura, apareció repentinamente ante ellos con ropa normal.

"Creo que estoy de acuerdo", asintió Eos, y también desactivó su Armadura, permaneciendo con su ropa normal.

Alisha siguió su ejemplo y también, habiendo desactivado su Armadura, permaneció con su ropa habitual.

La Dama Pirata Oscura, su gente y Erica los miraron con ojos redondos. Es comprensible: ¡la magia del Mundo de Cronos no es capaz de tales transformaciones!

"Qué magia tan extraña…" dijo la Dama Pirata Oscura, luchando por controlarse. "Les advierto a todos: si alguno de ustedes intenta hacer algo dudoso, ¡mi gente los atacará de inmediato!"

"Entendemos", asintieron Apolo, Alisha, Eos y Erica.

"Si todos entienden todo, entonces síganos", dijo brevemente la Dama Pirata Oscura

Y el personal del Departamento Divino y la niña-unicornio la siguieron.

Capítulo 9. Secretos del pasado del Sacerdote del Templo de Oberón y el Rey Crepuscular.

Mientras tanto, el Rey Crepuscular, mientras aún estaba bajo el hechizo del sueño, apuñaló a la capitana Señorita Hombre lobo con un hábil movimiento de su mano. Fríamente limpió la daga en su propia ropa y miró a su alrededor: todos los demás presentes en la mazmorra secreta estaban dormidos. Nadie más que el jefe de la Secta vio al Rey matar a la Capitana.

"Si es necesario, le diremos a los hombres lobo... Que la niña-unicornio mató a su Capitán... O, mejor dicho, lo hizo la Mujer con Cabeza de Chacal... Aunque, si nuestro plan tiene éxito... Tal vez nadie preguntará por la capitana Señorita Hombre lobo..."

El Rey Crepuscular se recuperó rápidamente del hechizo de sueño. Después de todo, Alisha usó fórmulas de hechizos para humanos contra él.

Pero casi nadie sabía que el Rey Crepuscular no era del todo humano. Nació como hijo del Rey Crepúsculo anterior y una mujer desconocida. Todos en Akaria pensaron que esta mujer era una simple sirvienta en el palacio o una aristócrata de clase baja, por lo que su personalidad estaba libre para abrirse. Por lo tanto, durante mucho tiempo se le ha llamado el Bastardo Crepuscular.

Pero, de hecho, la madre del Crepúsculo Bastardo era una doncella elfa. El Rey Crepuscular anterior la amaba. Pero no pudo dejarla en la corte cuando quedó embarazada. Por lo tanto, oficialmente, la doncella elfa fue despedida por algún delito menor. Aunque, de hecho, el Rey Crepúsculo anterior le alquiló una casa de forma anónima, donde dio a luz a un hijo.

La mujer elfo murió al dar a luz. El Rey Crepuscular anterior la enterró con todos los honores de la tradición élfica: enterró su cuerpo en llamas y esparció las cenizas. En cuanto al niño, dudó durante mucho tiempo: ¿llevar al bebé al palacio o no? Pero al final, decidió que el niño crecería en la corte. Y el Rey declaró al hijo ilegítimo hijo de una mujer desconocida, ocultando el hecho de que el niño es un mestizo.

La Reina Crepúsculo anterior estaba enojada con su esposo. Pero, aun así, sus hijos eran los herederos al trono. Y calmó su ira.

El Crepúsculo Bastardo creció en el palacio. A veces tenía sueños extraños y, a la edad de siete años, recordaba su vida pasada. Recordó el mundo de la Tierra, donde una vez vivió. En su vida terrenal, fue el gobernante de un país y ejerció un poder tremendo. Ahora bien, el nombre que llevaba entonces no importa: han pasado muchos años desde entonces. Durante este tiempo, muchas nuevas generaciones de niños han crecido en la Tierra, la sociedad ha cambiado mucho... Aunque la gente de la Tierra recordaba a la persona que era el Crepúsculo Bastardo en su vida pasada. Después de todo, hizo muchas cosas que no deberían hacerse. Y por lo que la gente no dejó de condenarlo incluso después de muchos años.

En el Mundo de Cronos, su nombre anterior no era nada importante: nadie lo conocía allí de todos modos.

Pero el mismo Bastardo Crepuscular sintió indignación: después de todo, ¡en la vida pasada fue un gobernante dotado de poder! Y en este, ¡él es solo el Bastardo! Decidió ocultar que recuerda su vida pasada. Y usar sus conocimientos anteriores solo cuando sea necesario para fines personales.

Además, a medida que maduraba en su nueva vida, el Crepúsculo Bastardo encontró cambios que aparecían gradualmente en su cuerpo. Un sentido del olfato más agudo que el de los humanos comunes, un oído más agudo y puntos extraños como marcas verdes. Manchas similares aparecieron en los cuerpos de los niños-elfos con la edad.

Los sirvientes del palacio no sabían nada: después de todo, el Bastardo Crepuscular, a diferencia de los príncipes legítimos, se vistió y se bañó él mismo, sin la ayuda de los sirvientes. Sólo un médico de confianza conocía su secreto.

Pero, aun así, un día, el niño se decidió y le preguntó a su padre sobre sus manchas. Y el Rey le dijo a su hijo la verdad sobre su verdadera madre.

La mala sospecha de que solo era medio humano en esta vida despertó sentimientos encontrados en Bastardo Crepuscular. Después de todo, desde el comienzo de su nueva vida, odiaba a las criaturas mágicas. No es de extrañar: después de todo, en su vida pasada en la Tierra, donde no había criaturas mágicas, puso a unas personas por encima de otras.

En el Mundo de Cronos, todos los humanos eran iguales. No importaba de dónde era una persona o qué aspecto tenía, el género, la edad y la raza no importaban. Pero los humanos despreciaban a las criaturas mágicas.

El Bastardo Crepuscular también despreciaba a las criaturas mágicas desde la primera infancia, incluso antes de recordar su vida pasada. Los consideraba estúpidos y ridículos. Y creía que todas las posiciones de liderazgo en la sociedad deberían pertenecer solo a los humanos.

¡Qué rabia sintió cuando supo que era medio elfo! ¡Después de todo, el Bastardo Crepuscular odiaba más a los elfos y a los unicornios! ¡Y decidió ocultar su esencia todo el tiempo que pudo!

Pero su ira y odio hacia todo lo que le rodeaba seguía creciendo. Y una vez recordando su vida pasada, no pudo olvidarla. Y no podía soportar que en una nueva vida no se convertiría en gobernante, no alcanzaría las alturas. Por lo tanto, a medida que crecía, el Crepúsculo Bastardo decidió destruir a sus hermanos en padre, padre y madrastra. De sus recuerdos terrenales, conocía la receta de un veneno que se eliminaba rápidamente del cuerpo, sin dejar rastro y provocando un infarto. Al mezclar veneno en la bebida de sus hermanos, los mató.

Entonces, decidió deshacerse de su padre. Sabía dónde montaría su caballo su padre, el anterior Rey del Crepúsculo, mientras cazaba. Y se fue con él. Y habiendo cabalgado hacia adelante, arrojó varias serpientes en el camino. Todas las serpientes estaban medio dormidas, bajo la influencia de hierbas especiales.

El plan era simple: hacer que el caballo de su padre le tuviera miedo a la serpiente. ¡Después de todo, deje que una serpiente dormida se quede en el camino, no tenga tiempo para arrastrarse! Al final, el plan terminó con éxito: el caballo del Rey Crepuscular anterior vio a la serpiente, se asustó y se encabritó. Y el Rey Crepúsculo anterior, a quien su hijo 'cuidadosamente' mezcló una droga ligera en su bebida antes de la caza, no pudo permanecer en la silla.

La Reina Crepúsculo anterior, después de la muerte de su esposo e hijos, a menudo lloraba en una de las torres del palacio. Ella fue allí el día de la muerte de su marido. El Bastardo del

Crepúsculo la había estado esperando allí con anticipación. Y empujó a la mujer que lloraba hacia abajo. Antes de que nadie entrara en la torre, la abandonó por la ventana inferior, saltando a la rama de un árbol ancho. Y luego fingió que en ese momento estaba paseando por el jardín. Nadie podría culparlo.

Así, el Crepúsculo Bastardo abrió su camino hacia el poder. Y se convirtió en el nuevo Rey Crepuscular. Por supuesto, incluso sin los asesinatos del padre y la madrastra anteriores, se habría convertido en el heredero de todos modos. Pero decidió no arriesgarse y deshacerse de ellos. Porque, el Rey Crepuscular anterior podría hacer una excepción, emitir un decreto especial y nombrar a uno de sus sobrinos o sobrinas como su heredero, pasando por alto a su hijo.

La Reina también podría gobernar durante algún tiempo después del Rey: después de todo, podría transferir el poder a su esposa, o podría ser elegida por el consejo de ministros, considerando que el Bastardo Crepuscular es 'demasiado joven e inexperto' para el trono. La única limitación para la Reina del Crepúsculo anterior era que, al convertirse en la única gobernante de Akaria después de la muerte de su esposo, no podía legar el poder a sus parientes. Y ella debe legar el trono a uno de los parientes del cónyuge. Porque la Reina del Crepúsculo anterior no procedía de la dinastía real de Akaria: era una princesa nacida de otro reino.

Por lo tanto, el Bastardo Crepuscular no estaba dispuesto a arriesgarse. ¡Él quería poder! Y lo consiguió.

Y nadie, excepto el médico de confianza, nunca supo que era medio elfo. Porque, incluso cuando, de acuerdo con su nuevo estatus, se suponía que los sirvientes lo ayudarían a cambiarse de ropa, él se negó, argumentando que desde niño estaba acostumbrado a arreglárselas solo.

Por supuesto, los rumores sobre el nuevo Rey Crepuscular no podían dejar de aparecer. Dijeron que fue él quien mató a sus familiares (y no se equivocaron, aunque no tenían pruebas). Y el Señor de los Hombres Lobo supuestamente lo ayudó en todo.

El Señor de los Hombres Lobo no estuvo involucrado en este asunto. Pero al enterarse de los rumores, se dio cuenta de que con su ayuda podría chantajear al Bastardo Crepuscular, quien se había convertido en el nuevo Rey Crepuscular. Y amenazó con seguir difundiendo rumores y agudizándolos si a él y a los hombres lobo no se les concedían diversos privilegios.

El nuevo Rey Crepuscular odiaba a todas las criaturas mágicas y los hombres lobo no eran una excepción. Pero no quería que los rumores empeoraran, necesitaba fortalecer su poder. Y creó una guardia de hombres lobo y asignó nuevas tierras y títulos al Señor de los hombres lobo.

Los otros hombres lobo creían que su Señor ciertamente había ayudado al nuevo Rey Crepuscular. Sintieron su posición privilegiada, y como tratando de compensar los años perdidos de opresión, desde entonces no se han comportado de la mejor manera. A menudo violaban el orden público e incluso cometían crímenes contra los humanos. Al Rey Crepuscular no le gustó, pero no pudo evitarlo: para él, su propio poder era mucho más importante que sus súbditos.

Sin embargo, el Rey Crepuscular no pudo evitar admitir una cosa: los hombres lobo, de hecho, lo sirvieron fielmente. Después de todo, querían recibir más privilegios.

Además, el nuevo Rey Crepuscular, para fortalecer su poder, se casó con la hija del Duque de Ivia, quien se convirtió en la nueva Reina Crepuscular. El Rey Crepuscular pudo ocultar las características de su cuerpo de su esposa con la ayuda de tinturas medicinales, que ocultaron temporalmente sus manchas.

Además, el médico y los fieles magos pudieron crear una poción especial. Si una mujer lo bebe, entonces su hijo seguramente nacerá humano. Incluso si el padre del niño es un mestizo de una criatura mágica y un humano. La poción se mezcló en secreto con la bebida de la Reina del Crepúsculo. Y la Princesa del Crepúsculo nació como humana. Pero debido al hecho de que la Reina del Crepúsculo, sin saberlo, bebió la poción, ya no pudo tener hijos. Y la Princesa del Crepúsculo es su única hija.

Los sujetos amaban a su princesa, quien heredó un raro cabello lila de su madre. De hecho, en Akaria se creía que el cabello lila trae buena suerte, porque parece un suave crepúsculo.

El Rey Crepúscular ha contratado a los mejores profesores para su hija. Entre ellos estaba el Sacerdote del Templo de Oberón, un culto muy popular en Akaria. El Sacerdote de Oberón le enseñó a la niña la historia y los fundamentos de los diversos cultos del Mundo de Cronos. Todos los cultos humanos se llevaban pacíficamente entre sí. Pero los cultos de las criaturas mágicas a menudo eran despreciados por los humanos.

Cuando el Rey Crepuscular vio por primera vez al Sacerdote del Templo de Oberón, se sintió abrumado por vagos presentimientos. Como si el Rey Crepuscular lo hubiera conocido antes. Pero, ¿cómo es esto posible? ¡Después de todo, en el Mundo de Cronos, se conocieron por primera vez! Y no pudo conocer a sus padres. Después de todo, el Sacerdote es un huérfano que creció en un orfanato del Templo.

¿Quizás se vieron en la vida pasada? Pero el Rey Crepuscular no compartió sus recuerdos de la Tierra con nadie. Y no asumió que alguien más podría recordar su vida pasada. Por eso, prefirió no hablar del tema.

El Rey Crepuscular añoraba la Tierra. ¡Cómo deseaba volver allí! ¡Y obtener energía allí de nuevo! En el pasado, ¡él ya era un gobernante en la Tierra! Y volvió a desearlo. Por supuesto, ser el monarca de Akaria es placentero a su manera... Pero en opinión del Rey Crepuscular, Akaria, como todo el Mundo de Cronos, es mucho más aburrido que la Tierra.

La magia parecía poco interesante para el Rey Crepuscular, aunque aprendió a usarla. Los sistemas económicos y políticos del Mundo de Cronos tampoco despertaron su interés: todo es demasiado obvio y simple.

El Rey Crepuscular, habiendo ganado poder en sus propias manos y fortaleciendo ligeramente su posición en la Corte, comenzó a crear una red de agentes secretos. Pronto, cuando se creó, el Rey Crepuscular envió agentes encubiertos en misiones para que jugaran entre ellos con otros reinos. Pero esto no terminó con éxito: otros gobernantes fueron demasiado circunspectos. No querían involucrarse en guerras directas entre ellos. Preferían enfrentar a sus corsarios, "piratas oficiales", unos contra otros. Y siempre se echaba toda la culpa a las criaturas mágicas.

Tal vez se pueda decir que reinaba la paz en el Mundo de Cronos, aunque lejos de ser ideal. Sin embargo, la paz es lo suficientemente fuerte como para no colapsar tan fácilmente.

Por lo tanto, el Rey Crepuscular dejó de enviar agentes encubiertos a otros reinos. Estaba vencido por el aburrimiento: la paz y la tranquilidad lo cansaron. Y se preguntó: si hay magia en el Mundo de Cronos, ¿tal vez haya una forma de traerlo de regreso a la Tierra? ¡Para que vuelva a ser el gobernante allí! Porque el Rey Crepuscular creía que el poder debería pertenecerle solo a él.

¡Y la gente de la Tierra es tan fácil de jugar unos contra otros! Después de todo, no hay criaturas mágicas en la Tierra. Por lo tanto, la gente de la Tierra se odiaba entre sí. En cualquier caso, así es como el Rey Crepuscular recordaba su vida pasada. No sabía cuántos años habían pasado desde su muerte en la Tierra y antes de su renacimiento en el Mundo de Cronos. Le parecía que un poco. Aunque en realidad no ha pasado ni una sola década. La gente de la Tierra también ha cambiado mucho. Pero él no sabía esto. Y comenzó a buscar una forma de regresar a la Tierra.

Y comenzó a enviar a sus agentes secretos a otros reinos para encontrar artefactos raros y libros de magia.

Trató de actuar lo más secretamente posible. La Reina del Crepúsculo, ocupada con sus deberes reales (recibir a los peticionarios y participar en obras de caridad), además de criar a su hija, no se dio cuenta de esto. Por otro lado, fue notado por el Sacerdote del Templo de Oberón. Más precisamente, uno de los agentes dobles le informó: varios agentes secretos del Rey Crepuscular también trabajaban para el Sacerdote del Templo de Oberón.

El Sacerdote del Templo de Oberón, habiendo servido un poco en la Corte Real, se dio cuenta de que el Rey estaba escondiendo algo. A veces, el Rey Crepuscular le recordaba al Sacerdote del Templo de Oberón a una persona de la Tierra.

Sí, exactamente: el Sacerdote del Templo de Oberón también sabía de la Tierra. Como el Rey del Crepúsculo, recordó su vida pasada. Y también lo escondió de los demás.

El Sacerdote del Templo de Oberón fue un líder espiritual en su vida pasada en la Tierra. Vivió al mismo tiempo que la encarnación anterior del Rey Crepuscular. Se conocieron personalmente y colaboraron en muchos temas.

A muchas personas de la Tierra en ese momento no les gustó la encarnación anterior del Sacerdote del Templo de Oberón (así como la encarnación anterior del Rey Crepuscular). Porque era extremadamente conservador, a menudo incorrecto en sus declaraciones, apoyaba activamente estereotipos obsoletos y trataba de interferir en la vida de las personas...

Como era un líder espiritual en su vida terrenal, decidió convertirse en el Sacerdote del Templo de Oberón en su nueva vida (aunque los niños del orfanato en el que creció podrían convertirse en artesanos o recibir otra especialidad). Después de todo, en su vida pasada, creía sinceramente principalmente en el poder del dinero, no en la espiritualidad. Y si es así, ¿hace alguna diferencia a qué culto servir?

Pero tuvo que ocultar su verdadera opinión sobre todo en el Mundo de Cronos para mantener una buena reputación.

El Sacerdote del Templo de Oberón extrañaba la Tierra. Quería volver atrás y buscaba la manera de lograrlo. Estudiando magia con sus fórmulas mágicas, usando artefactos con sus interfaces que recuerdan un poco a los teléfonos inteligentes y computadoras de la Tierra, el Sacerdote del Templo de Oberón se dio cuenta de una cosa. A saber: la magia es una ciencia. Simplemente no abierto en la Tierra. Además, la ciencia es muy flexible e interesante y afecta a elementos y energías no materiales.

Y si es así, entonces tal vez, de hecho, ¡hay una manera de regresar a la Tierra!

De hecho, al igual que el Rey Crepuscular, el Sacerdote del Templo de Oberón tampoco sabía cuánto tiempo había pasado en la Tierra. Y también le parecía que había pasado muy poco tiempo en la Tierra.

No quería ser gobernante. Quería volver a ser un líder espiritual en la Tierra. Porque tal actividad en el Mundo de Cronos no le interesaba. Odiaba el nuevo mundo, su nueva vida y las criaturas mágicas que lo rodeaban. Además, los odiaba solo porque eran diferentes de los humanos.

Estudió magia y alcanzó grandes alturas. Dominó varias técnicas de sugestión. Y pudo 'reclutar' a varios agentes secretos del Rey Crepuscular, en los que tenía interés. Al enterarse de que el Rey estaba buscando libros y artefactos mágicos raros, el Sacerdote del Templo de Oberón pensó de nuevo: cuánto le recuerda el Rey Crepuscular a un gobernante familiar de la Tierra.

Y un día se acercó al Rey Crepúsculo con una conversación franca. Hablaron en privado. Y aprovechando esta oportunidad, el Sacerdote del Templo de Oberón dijo entonces:

"Su Majestad... Por favor, no lo tome como una insolencia, pero siento que es mi deber preguntarle algo".

"Pregunta", permitió amablemente el Rey, de buen humor.

"Sus Majestades... solo diré una cosa: el Mundo de la Tierra", respondió el Sacerdote del Templo de Oberón con una sonrisa.

El Rey Crepuscular se estremeció involuntariamente.

"Sacerdote del Templo de Oberón, ¿de qué estás hablando?" preguntó, tratando de controlarse.

"¿Has oído hablar de este mundo? O tal vez... ¿Te acuerdas de eso?"

"¿Quién eres, Sacerdote del Templo de Oberón?"

"Yo solo soy el Sacerdote. Al menos en esta vida."

El Rey Crepuscular se congeló por un momento, luego se rió.

"¡Así es como! ¿Estás insinuando que existen vidas pasadas?" preguntó, riendo.

"Estoy seguro de eso, Su Majestad", el Sacerdote del Templo de Oberón sonrió de nuevo.

"Está bien, digamos... ¿Y quién eras tú en la Tierra entonces? ¿Qué hiciste? ¿Cuál era tu nombre en una vida pasada?"

"Yo era un líder espiritual. Y mi nombre..."

El Sacerdote del Templo de Oberón dio su nombre anterior y el país en el que vivía. Tan pronto como dijo eso, los ojos del Rey Crepuscular se abrieron como platos.

"Tú...", dijo en voz baja. "¡Eres tú! Mi aliado... También recuerdo mi vida pasada. Yo era el gobernante de ese país... Y mi nombre…"

Y dio su nombre. El Sacerdote del Templo de Oberón no se sorprendió. Por lo tanto, el Rey Crepuscular preguntó:

"Lo entendiste todo hace mucho tiempo. ¿No es?"

"Le reconocí, Su Majestad. Después de todo, recordé mi vida pasada cuando era niño".

"¿Te convertirás en mi fiel aliado de nuevo?" preguntó el Rey del Crepúsculo. "¿Y espero que estés escondiendo tus recuerdos de la Tierra de otros humanos y seres mágicos de este mundo?"

"Por supuesto, Su Majestad... Y con mucho gusto me convertiré en su fiel aliado en esta vida también".

Así, el Rey Crepuscular y el Sacerdote del Templo de Oberón aprendieron los secretos del otro y una vez más unieron fuerzas.

El Rey Crepuscular le dijo al Sacerdote del Templo de Oberón que quería regresar a la Tierra. El sacerdote lo apoyó. Ni siquiera imaginaron que podría pasar mucho tiempo en la Tierra. No pensaron que la gente de la Tierra podría cambiar. Solo querían regresar a su mundo natal y encarnar sus ambiciones en él. Porque el Mundo de Cronos no era interesante para ellos, e incluso hasta cierto punto repugnante.

Por supuesto, el Rey Crepuscular y el Sacerdote del Templo de Oberón entendieron que no era rentable para ellos separarse de su vida actual y renacer de nuevo. ¿Dónde está la garantía de que volverán a conservar sus recuerdos? ¿Dónde está la garantía de que renacerán en la Tierra? Ellos no estaban allí. Por lo tanto, necesitaban un artefacto poderoso que abriera las puertas en el espacio y pudiera trasladarlos a la Tierra.

Allí, querían usar la magia que habían aprendido en el Mundo de Cronos para ganar poder. Después de todo, no hay magia en la Tierra. Se verá inusual, pueden desconcertarlo aún más y declararse mensajeros del Destino.

¿El Rey Crepuscular y el Sacerdote del Templo de Oberón consultaron sobre la mejor manera de proceder? Al final, decidieron crear la Secta 'Gobernante Elegido'. La cual estaba dirigida por el Sacerdote del Templo de Oberón, quien se convirtió en el Jefe de la Secta (por supuesto, dejó sus deberes como maestro de la Princesa en la Corte). Para hacer esto, incluso falsificaron la 'antigua profecía' sobre el Gobernante Elegido.

Al principio, el propio Jefe de la Secta reclutó adeptos. Los envió en busca de artefactos antiguos. Y al mismo tiempo les dio tareas para deshacerse de todos los que sospechaban una conexión entre la Secta y el Rey Crepuscular. Por lo tanto, la mayoría de los secuestros y asesinatos de aristócratas, supuestamente cometidos por la Secta, fueron en realidad obra de ellos...

Ha pasado algún tiempo. La Secta 'Gobernante Elegido' se podía encontrar en un templo antiguo 'Jaula Fantasma', uno de los llamados Artefactos de las Deidades. Es decir, un objeto mágico muy antiguo y poderoso, sobre el cual la gente decía que fueron creados en tiempos inmemoriales por deidades antiguas ahora olvidadas. Los miembros de la Secta que lo encontraron, lo trajeron a la Cabeza. Le tomó mucho tiempo descifrar la interfaz del artefacto, entendió su trabajo y al final lo logró. Incluso cambió la interfaz del artefacto por conveniencia.

Además, pronto, uno de los miembros de la Secta, que realizó un viaje a tierras lejanas, se enteró de un antiguo ritual que ayuda a abrir las puertas en el espacio. El Jefe de la Secta y el Rey Crepuscular han estudiado cuidadosamente este ritual. Y se dieron cuenta de que les ayudaría a regresar a la Tierra. Pero requería una preparación muy larga, que llevaría muchos años. Sin embargo, ante la falta de alternativas, comenzaron a actuar. Y por si acaso, se deshicieron del sectario que les habló del ritual, arreglándolo todo como un accidente...

Mientras tanto, la Princesa del Crepúsculo crecía. Se convirtió en una hermosa niña de dieciséis años. Los sujetos la amaban. Ella realmente creía que los humanos y las criaturas mágicas deberían tener los mismos derechos. Y ella siempre hablaba de esto a todos los súbditos de Akaria.

La Reina Crepuscular trató con indiferencia las acciones de su hija: ya estaba bajo la influencia de técnicas de sugestión e hipnosis.

El Rey Crepuscular odiaba las acciones de su hija. Pero tenía que mantener la cara. Por lo tanto, no interfirió con la princesa. Después de todo, ella es su única heredera. Nacida de su esposa, un humano de pura raza, con gran dificultad.

Por supuesto, el Rey Crepúscular podría haber tenido un favorito oficial, para que diera a luz a más niños. Porque a los reyes y reinas de Akaria no se les prohibía tener favoritos. Porque, como es sabido, los matrimonios en las familias reales se hacen por razones políticas. Además, los hijos no siempre nacen de cónyuges oficiales. Pero los niños pueden nacer de un favorito.

Pero el Rey Crepuscular temía que su secreto saliera a la luz. Y todos sabrán que es mitad elfo. ¡Y esto no debe permitirse! Por lo tanto, evitaba a otras chicas y mujeres.

Y aunque el Rey Crepuscular se resintió mentalmente por las acciones de su hija, no se dio cuenta de algo importante: cómo su hija se enamoró de uno de los sirvientes del palacio, un hombre unicornio.

Ese hombre unicornio era guapo y educado, pero como la mayoría de las criaturas mágicas, no podía conseguir un trabajo muy prestigioso. Y se alegró mucho, convirtiéndose en un simple sirviente de la corte real.

Estaba secretamente enamorado de la Princesa Crepuscular, pero no se atrevía a mostrar sus sentimientos. Y cuando la Princesa del Crepúsculo comenzó a mostrarle signos de atención, trató de no notarlo.

Pero al final, ese hombre unicornio y la princesa no pudieron resistir sus sentimientos el uno por el otro. Y la princesa quedó embarazada.

El médico de la corte examinaba regularmente a la princesa y vigilaba de cerca su salud. Por supuesto, esto no estaba oculto a su atenta mirada. Informó el embarazo de la princesa al rey. Pero él no sabía quién era el padre del niño.

El Rey Crepuscular, al enterarse del embarazo de su hija, se sintió desalentado y furioso al mismo tiempo. Llamó a su hija y la interrogó para averiguar el nombre del 'culpable' del incidente. La princesa, siendo de naturaleza gentil e impresionable, no pudo resistir el ataque psicológico de su padre. Y ella confesó todo.

El Rey Crepuscular, al enterarse de la verdad, se puso aún más furioso. ¡Habría perdonado a su hija si un hombre común hubiera sido el padre del niño! ¿Pero el hombre-unicornio? ¡Esto no sucederá!

Luego, el Rey Crepuscular encarceló al amado de su hija y la envió ella misma; a la Princesa la envío bajo la supervisión del futuro Primer General Retirado, a una propiedad lejana para dar a luz a la niña. Después de todo, el Primer General le enseñó a la Princesa a usar una espada desde la infancia y estaba apegado a ella, como una hija. Y aunque no conocía todos los secretos del Rey Crepuscular, el monarca confiaba en él.

Se anunció al público que el hombre unicornio supuestamente atacó a la princesa con una daga. Incluso el médico que se enteró por primera vez del embarazo de la princesa no sabía la verdad. El rey le anunció que la princesa supuestamente había tenido un aborto espontáneo debido a una lesión y que la enviaron urgentemente a una residencia de campo para recibir tratamiento. El médico se sorprendió de que no lo llamaran para pedir ayuda. Pero él creyó y no comenzó a contarle a nadie sobre el 'aborto espontáneo' de la Princesa.

El hombre unicornio pronto fue ejecutado. Y la Princesa, como se sabe, dio a luz a la niña, que fue escondido por el Primer General Retirado. Y el Rey Crepuscular, durante mucho tiempo creyó que su hija había dado a luz a un niño muerto.

El parto resultó ser difícil para la Princesa, no recordaba lo que estaba pasando. Y cuando, por orden del Primer General Retirado, la partera le dijo que había nacido un niño muerto, ella creyó y se desesperó. Y huyó a una remota residencia, apenas recuperó la salud poco después de dar a luz.

Después de su escape, el Rey Crepuscular no sabía dónde encontrar a su hija. Y al final, la reemplazó con una actriz para evitar un pánico innecesario.

La verdadera Princesa del Crepúsculo no sabía que su hijo estaba vivo. Estaba consumida por la desesperación y quería venganza. Quería destruir a su padre, quien ejecutó a su amante. Quería vengarse de su madre, que parecía no darse cuenta de nada. Porque la Princesa Crepuscular no sabía que la Reina Crepuscular se había convertido durante mucho tiempo en una marioneta obediente del Rey Crepuscular debido a la hipnosis y las técnicas de sugestión.

En ese momento, la Princesa del Crepúsculo quería vengarse. Decidió teñirse el pelo lila de oscuro y convertirse en una corsaria de Victorianica. Quería ahorrar una gran cantidad de dinero para contratar un ejército de mercenarios y apoderarse de Akaria. Soñaba con ejecutar a su padre y encarcelar a su indiferente madre en prisión.

Por supuesto, la Princesa Crepúsculo entendió que le tomaría mucho tiempo y dinero llevar a cabo este plan. Pero impulsada por una sed de venganza, estaba lista para ello.

Al alistarse para servir en uno de los barcos corsarios, la Princesa Crepuscular, ahora llamándose a sí misma Dama Pirata Oscura, rápidamente ganó fama militar. Y pronto se convirtió en la capitana de su propio barco, la 'Princesa Sangrienta'.

La tripulación del 'Princesa Sangrienta' se hizo famosa como piratas 'nobles'. Evitaron asesinatos innecesarios y rápidamente acumularon enormes tesoros. Ese dinero sería suficiente para contratar un gran ejército de mercenarios bien equipados.

Y la ex Princesa del Crepúsculo, que se convirtió en la Dama Pirata Oscura, fue de incógnito a Akaria para evaluar la situación. Cambió su apariencia y color de cabello con la ayuda de cosméticos.

La Dama había estado en Akaria por última vez hace diez años cuando escapó. Por supuesto, había oído la noticia de que la Princesa Crepuscular se había 'recuperado de haber sido herida por una daga'. Y entendió que el Rey Crepuscular y la Reina Crepuscular acababan de encontrar una chica similar, no había pánico en Akaria.

Pero, una vez en Akaria después de una ausencia tan larga, la verdadera Princesa Crepuscular, que quería venganza, se dio cuenta de que estaba indecisa. Para la gente en Akaria parecía feliz, el público en general aún no sabía acerca de la Secta 'Gobernante Elegido'. La discriminación contra las criaturas mágicas continuó, pero al menos su situación no empeoró.

Y la Dama Pirata Oscura se dio cuenta de que no podría vengarse. Sí, podría contratar mercenarios e invadir Akaria con ellos. El Reino de Victorianica no interfirió con ella, a pesar de que oficialmente había paz entre los reinos.

En caso de venganza, comenzaría una batalla entre los ejércitos de Akaria y los mercenarios de La Dama Pirata Oscura. No se sabe quién habría ganado. Los mercenarios están constantemente involucrados en las batallas, pero del lado del ejército de Akaria está el terreno, los mejores suministros, así como los números.

Sin embargo, incluso si las fuerzas de La Dama Pirata Oscura salen victoriosas, ¿qué sigue? Al principio, La Dama Pirata Oscura estaba a punto de revelar su identidad a la gente. Y, por supuesto, habiendo ejecutado al padre odiado y encarcelado a su madre, quería recibir el trono que le pertenecía por derecho de nacimiento.

¿Pero la gente la aceptará como su gobernante? ¿Creerán que ella es la verdadera Princesa del Crepúsculo? No había pensado en eso antes, pero cuando vio a Akaria diez años después, de repente se dio cuenta de todo esto y una cosa más. Es decir, nadie excepto el Rey, el Primer General Retirado y posiblemente un círculo reducido de cortesanos, sabe que la Princesa Crepuscular actual es falsa. Para casi todos en el Reino, la Princesa actual era real. Por lo tanto, los habitantes del Reino preferirían tomar a la Princesa real por una impostora. Habría confusión y división en la sociedad. Mucha gente se lastimaría. Sus vidas se romperían, como la vida de la verdadera Princesa del Crepúsculo... Y entonces ella no sólo se volverá como su padre, sino que se volverá aún peor.

Por lo tanto, con gran pesar, la verdadera Princesa del Crepúsculo decidió seguir siendo la Dama Pirata Oscura. Desechó los pensamientos de venganza. Y ella decidió seguir adelante. Tenía una base en las Islas Lunares en aguas neutrales. Amplió sus tierras comprando territorio a otros piratas y corsarios. Y, de hecho, creó un nuevo reino no oficial en las Islas Lunares. El lema del cual era la idea de la igualdad de los humanos y las criaturas mágicas. Aceptó a todos los que querían vivir en igualdad. Incluso, en su reino no oficial, vivían muchos esclavos liberados de criaturas mágicas. La mayoría de ellos fueron rescatados de barcos capturados por La Dama Pirata Oscura. Afortunadamente, entre sus aliados había un mago habilidoso que sabía cómo quitar los Sellos de Esclavo. Y las criaturas mágicas se volvieron completamente libres.

Los rangos más altos y los gobernantes de los estados sabían sobre el reino no oficial de La Dama Pirata Oscura. Pero no se difundieron al respecto, para no causar malestar entre la población. Por la misma razón, se prohibió a los medios de comunicación de todos los reinos cubrir este tema. La Dama Pirata Oscura tenía un tratado especial con Victorianica. El gobierno de Victorianica a menudo ordenaba la creación masiva de cualquier cosa en el reino no oficial de La Dama Pirata Oscura: después de todo, muchos ex esclavos hábiles vivían allí, incluidos aquellos que sabían magia y artesanía. Era más barato para Victorianica que ordenar a sus artesanos y artesanos u otros reinos. Para el reino de la Dama Pirata Oscura, esto es un ingreso adicional. Además, Victorianica no tocó el reino no oficial de su mejor corsario, siempre y cuando no vaya en contra de los intereses de Victorianica.

Así, se desarrolló el reino no oficial de la Dama Pirata Oscura. Dentro de él, un Consejo de los más respetados humanos y criaturas mágicas fue elegido como autoridades (la Dama Pirata Oscura también entró allí).

Ella no sabía qué pasaría después. Pero ella quería crear un reino lo suficientemente fuerte durante su vida para que en el futuro pudiera existir por sí solo, y otros países lo reconocieran.

Negó la venganza y vivió pensando en el futuro. Ella no sabía que Erica, su hija, estaba viva. Y ella ni siquiera sabía que el Rey Crepuscular se enteró de su nieta y decidió usarla en su ritual mágico.

Esto continuó hasta que la Dama Pirata Oscura se encontró con Alisha, Apolo, Eos y la niña-unicornio en la orilla de una de las islas lunares. Sí, la Dama Pirata Oscura no sabía el sexo real de su hijo y creía que el niño estaba muerto. Pero después de escuchar la historia de la vida de Erica, la Dama Pirata Oscura lo adivinó todo.

Además, la niña-unicornio se ha vuelto muy similar a su padre, quien fue ejecutado por el Rey Crepuscular.

Capítulo 10. Dama Pirata Oscura, Alisha y Erica

Alisha, Apolo, Eos y Erica siguieron a la Dama Pirata Oscura y su gente. Fueron tierra adentro y pronto vieron altos muros de piedra, como los que la gente solía erigir alrededor de sus ciudades en Akaria, Ainika o Victorianica.

"Parece más una ciudad ordinaria que una base pirata..." Alisha, Apolo, Erica y Eos pensaron igual. Mientras tanto, la Dama Pirata Oscura se acercó a la enorme puerta que conducía a la ciudad. Dijo algo a los centinelas: un elfo grande y una chica humana alta. Los guardias miraron con sorpresa a los extraños traídos por la Dama Pirata Oscura y su gente. La mujer dio una señal a su pueblo.

Ellos, a su vez, le dijeron a Alisha, Apolo, Eos y Erica:

"Vamos, la Señora nos está llamando".

El personal del Departamento Divino y la niña-unicornio intercambiaron miradas. Pero aun así fueron con la gente de la Dama Pirata Oscura a la puerta. Al entrar en la ciudad, se sorprendieron aún más. Por dentro, tampoco parecía una base pirata, pero se veía bastante civilizada. Casas de adobe y ladrillo se alineaban en las calles planeadas. Las Islas Lunares eran ricas en arcilla de calidad media. Otros reinos no estaban interesados en él, pero de él se obtuvieron edificios bastante buenos. Por lo tanto, no hubo problemas con los materiales de construcción.

Los caminos en la 'ciudad pirata', el reino no oficial de la Dama Pirata Oscura, estaban hechos de arena cristalizada. Los caminos se hicieron de manera similar en reinos como Akaria, Ainika y Victorianica. Con la ayuda de hechizos especiales, la arena se calentó al estado de vidrio y luego se cambió su estructura. Como resultado, se obtuvo un camino áspero antideslizante, aproximadamente igual en resistencia al asfalto de la Tierra.

Había muchas tiendas en la ciudad. Había escuelas para niños y varios templos dedicados a diversos cultos, entre ellos Oberón y Titania, e incluso se construyó hace unos años un pequeño santuario del Sabio Hermes.

Las áreas de cultivo estaban ubicadas fuera de la ciudad, donde se cultivaban diversas frutas y verduras. Diferentes artesanos crearon varios artículos, incluso a partir de materias primas y recursos que se extraían en las Islas Lunar.

El reino no oficial de la Dama Pirata Oscura tenía su propia economía, aunque hasta ahora débil. Los habitantes interactuaron con otros piratas en las Islas Lunar: sus bases eran más pequeñas que el reino no oficial de la Dama Pirata Oscura. Pero hubo un intercambio activo de bienes entre ellos.

Sin embargo, todos los residentes de la ciudad-estado sabían que su bienestar dependía en gran medida del botín pirata de la 'Princesa Sangrienta'. Y no son atacados por otros reinos, porque la Dama Pirata Oscura y su tripulación son corsarios de Victorianica.

La propia Dama Pirata Oscura, que soñaba con crear un reino independiente y fuerte, donde las personas y las criaturas mágicas vivieran en paz, entendió que estaban solo al comienzo de su camino. Y todavía tiene mucho trabajo por hacer antes de que su ciudad-estado se vuelva oficial, lo suficientemente fuerte e independiente. Mientras tanto, ni siquiera pensó en qué nombre ponerle.

... Alisha, Apolo, Erica y Eos caminaron por las calles de la ciudad pirata y miraron a su alrededor con interés. Se sorprendieron por la habitabilidad de este lugar y la tranquilidad de los residentes locales, la mayoría de los cuales no se parecían en nada a piratas.

Los lugareños: criaturas mágicas liberadas de la esclavitud y humanos ordinarios que se unieron a la Dama Pirata Oscura debido a sus puntos de vista sobre la vida, miraron con interés a los extraños que la Dama trajo consigo. Pero prefirieron no hacer preguntas innecesarias y continuaron con sus asuntos diarios.

Finalmente, Alisha, Apolo, Erica, Eos, la Dama Pirata Oscura y sus acompañantes se acercaron a un alto edificio de ladrillo de cuatro pisos que se encontraba cerca de la plaza central de la ciudad. Una bandera ondeaba sobre el edificio, como en el barco 'Princesa Sangrienta': La Bandera Pirata (calavera con tibias cruzadas) en una corona caricaturizada sobre un fondo burdeos.

"Probablemente, este edificio es algo así como una administración local", Pensó Alisha.

Su suposición fue confirmada, ya que la Dama Pirata Oscura dijo:

"Este edificio es donde normalmente se realizan los ayuntamientos. Hasta ahora, no lo convocaré: primero, quiero escuchar tu historia yo misma. Pero más tarde, ciertamente enviaré a buscar a los miembros del Consejo, y junto con ellos finalmente decidiremos qué hacer con ustedes cuatro."

Eos, Alisha y Apolo intercambiaron miradas. Los tres no fueron amenazados con dolor o muerte: La Protección Divina siempre ha rodeado los cuerpos materiales de los empleados del Departamento Divino. Salvó de los instrumentos de tortura, de las armas de fuego y armas blancas, del fuego, del estrangulamiento.

También permitía respirar bajo el agua en caso de ahogamiento y creaba un soporte invisible bajo los pies en caso de ahorcamiento.

Sin embargo, todos estos son casos extremos: los tres siempre podrían usar la magia de Desviar Ojos u otra magia. Incluso sin el uso de la Armadura de Anubis, la Armadura de la Deidad de la Belleza y la Modificación de la Armadura Divina del Sol del Amanecer, podrían hacer frente a los piratas (si no hay magos muy poderosos entre ellos, como el Jefe de la Secta). Y si son capturados, pueden romper las paredes de su mazmorra. Porque, la magia del Mundo de Cronos (con raras excepciones, como el Jefe de la Secta) era mucho más débil que la de ellos.

Y en cualquier momento Alisha, Eos y Apolo podrían 'desprenderse' de sus cuerpos, es decir, dispersarlos en átomos y moléculas. Y simplemente ir por un tiempo en el Mundo de los Espíritus. Si bien esto es una molestia, se puede hacer.

Erica era el principal problema. Por supuesto, podría haber estado cubierta con la magia de Ojos Desviados y protegida en caso de un ataque, pero... ¿Qué sigue? No podían dejar a la niña-unicornio en problemas. Y los empleados del Departamento Divino no pueden simplemente cruzar el mar. En el peor de los casos, podrían secuestrar un barco y, cuando lleguen a tierra firme, dejar a la niña-unicornio allí bajo barreras protectoras. Y en este momento ellos mismos, regresan a Akaria y se ocupan del Rey Crepuscular antes de que realice su siniestro ritual. Más precisamente, intenta pedir ayuda y detener al Rey Crepuscular y al Jefe de la Secta. Porque, como resultó, el Jefe de la Secta puede resistirlos.

Y, en cualquier caso, sería mejor si Erica fuera atendida por la gente de la Dama Pirata Oscura. De todos modos, es mejor que nada.

"¡Y por suerte, no pueden enviar a nadie para ayudar desde el Mundo de los Espíritus ahora!" Alisha se quejó mentalmente. *"¿Y por qué solo Dionisio y Baco están teniendo una juerga borracha en la Tierra en este momento? Tantas fuerzas del Mundo de los Espíritus son enviadas para enfrentar esto... ¡Ni siquiera sé cómo llamarlas! Con suerte, si le explicamos las circunstancias al Departamento Divino, ¡todavía nos enviarán ayuda! ¡Porque nosotros mismos no podemos hacer frente al Jefe de la Secta!"*

Mientras tanto, la Dama Pirata Oscura entró en el edificio de la 'administración local' y acompañó a todos al espacioso salón. Allí se solían celebrar las reuniones del Ayuntamiento.

Se sentó en una de las sillas, su gente siguiendo su ejemplo.

"Entonces", dijo, mirando deliberadamente a Alisha, Eos, Apolo y Erica. "Siéntate y cuenta tu historia. Completamente y desde el principio."

"Primero, probablemente necesitemos presentarnos... Soy Alisha. Y esto es Apolo y Eos. Y tú ya conoces a Erica…" dijo la joven, señalando a sus acompañantes. "Y una cosa más: yo, Apolo y Eos somos empleados del Departamento Divino del Mundo de los Espíritus".

"¿Es esto algún tipo de secta? ¿O un nuevo culto?" la Dama Pirata Oscura estaba sorprendida.

"Oh no, el Mundo de los Espíritus es un lugar real. Aunque es difícil de creer", respondió Alisha.

Apolo y Eos solo suspiraron. Supusieron que Alisha quería pedirle a la Dama Pirata Oscura que cuidara de Erica. Y estaban seguros de que ella estaría de acuerdo (después de todo, a diferencia de Alisha, ya se dieron cuenta de que Erica era la hija de la dama Pirata Oscura). Sin embargo, todavía no aprobaban una historia detallada sobre el Mundo de los Espíritus.

Sin embargo, Alisha, a pesar de su desaprobación, honestamente le contó todo a la Dama Pirata Oscura. Y cómo vivió en la Tierra y cómo se convirtió en la empleada del Departamento

Divino. Y cómo ella, siguiendo las instrucciones de Hermes, fue al Mundo de Cronos para conocer los planes de la Secta del 'Gobernante Elegido'. Y cómo, antes de partir, visitó al Oráculo de Olimpia y le predijo que Alisha sería ayudada en la misión por una esclava de criaturas mágicas. Y cómo conoció a Erica, y cómo la niña-unicornio fue secuestrada por el Rey Crepuscular, que resultó ser su abuelo, y que quería tomar su sangre para algún ritual mágico. Habló sobre el Jefe de la Secta y la Jaula Fantasma, que por alguna razón los trasladó a los cuatro a las Islas Lunares.

La Dama Pirata Oscura escuchó atentamente. Su rostro tomó entonces una expresión de sorpresa e incredulidad, luego se oscureció. Especialmente cuando Alisha habló sobre el Rey Crepuscular, el Jefe de la Secta, el supuesto sacrificio de Erica y un misterioso ritual mágico.

Al final de la historia, el silencio reinó en la habitación. Erica, hasta este momento no entendía del todo lo que estaba pasando, todo quedó claro. Desde que presenció el enfrentamiento entre Alisha, Apolo y Eos con el Jefe de la Secta, inmediatamente creyó la historia. Y entendió por qué Alisha rescató a los esclavos. Aun así, Erica se alegró de que Alisha la liberara del Conde de Segundo Rango.

Para la gente de la Dama Pirata Oscura, la historia de Alisha parecía completamente increíble. No podían creer esto. Pero estaban esperando el veredicto de su Señora, que era muy respetada.

La propia Dama Pirata Oscura permaneció en silencio durante un rato. Las emociones más conflictivas se reflejaban en su rostro. Y después de una breve pausa, dijo:

"Tu historia es muy inusual... Hay muchas cosas increíbles en ella, y me resulta difícil creer en el Departamento Divino y el Mundo de los Espíritus. Sin embargo, en lo mejor de mis circunstancias, conozco demasiado bien al Rey Crepuscular. Y el que llamas el Jefe de la Secta... En el pasado fue el Sacerdote del Templo de Oberón, ¿no es así?

"De hecho, nuestro Departamento de Información se enteró de que en el pasado fue el Sacerdote del Templo de Oberón y uno de los maestros de la Princesa del Crepúsculo", asintió Eos.

"¿Qué? ¿Maestro de la princesa?" Alisha estaba sorprendida. "¿Por qué no me dijeron nada?

"Esta es información bastante nueva", suspiró Eos.

"¡Pero tengo que recibir actualizaciones de la información sobre la misión, a mi artefacto en Spiritoid!" la joven seguía indignada.

"¡Sí, y tampoco me informaron!" Apolo la apoyó.

"¡Oh, probablemente nuestro Departamento se olvidó de hacerlo!" la Diosa del Amanecer puso los ojos en blanco. "¡El Departamento de Información tiene mucho trabajo por hacer! ¡Necesitamos informar a muchos empleados que están en misiones en diferentes planetas! ¡Y ambos probablemente saben lo que está sucediendo en la Tierra ahora! ¡Dionisio y Baco hicieron una juerga borracha en una de las ciudades de la Tierra y usaron hechizos de borrachera! ¡Y todos los habitantes de esa ciudad están borrachos ahora! ¡Se envía una gran cantidad de fuerzas de Olympia para mantener el orden! ¡El Departamento de Información está constantemente en contacto con los escuadrones de guardias mágicos enviados para enfrentarse a Dionisio y Baco! ¡Pero estos dos borrachos no pueden ser neutralizados! ¡Y, de hecho, los guardias mágicos solo están tratando de mantener una apariencia de orden en la ciudad! ¡Después de todo, ellos, siendo los habitantes del Mundo de los Espíritus, pueden resistir los hechizos de la embriaguez!"

Erica, la Dama Pirata Oscura, y su gente miraron desconcertados a los empleados del Departamento Divino que discutían durante algún tiempo. Escucharon su historia, pero aun así era difícil creer completamente lo que estaba sucediendo. Y el argumento parecía extraño.

Al final, La Dama Pirata Oscura interrumpió su prolongada discusión:

"¿Era el Jefe de la Secta el Sacerdote del Templo de Oberón y el maestro de la Princesa del Crepúsculo, o no?"

"Sí, lo era", dijo Eos brevemente.

"¡No puedo creer que el Departamento de Información se olvidó de darme información tan importante!" Alisha y Apolo pensaron lo mismo. Y ambos fruncieron el ceño disgustados.

Mientras tanto, la Dama Pirata Oscura preguntó:

"Si el Rey Crepuscular va a realizar algún tipo de ritual mágico que requiera la sangre de su nieta, Erica, ¿ustedes tres se opondrán a él?"

"Correcto. Planeo enviar una solicitud de refuerzo al Departamento Divino. Porque no podremos lidiar con él y el Jefe de la Secta por nuestra cuenta", respondió Alisha.

"Por cierto, ya he enviado", dijo Eos de repente.

"¿Qué? ¿Cuándo?" Alisha y Apolo estaban asombrados.

"Mientras Alisha le contaba todo a La Dama Pirata Oscura y su gente, Erica escuchaba atentamente, y tú, querido sobrino Apolo, estabas pensando en algo".

"Pensé en las hermosas doncellas de las Islas Lunares..." Apolo suspiró mentalmente para sí mismo, pero no dijo nada en voz alta.

Eos continuó hablando:

"He activado la pequeña interfaz de mi artefacto en Spiritoid, visible solo para mí. Y envié una solicitud urgente de refuerzos. Y ya he recibido una respuesta del Departamento Divino. Pero el resultado no es especialmente agradable. Aquí, mira..."

Eos activó su artefacto en Spiritoid y al aumentar la 'pantalla' de luz, demostró a todos la respuesta del Departamento Divino.

Por supuesto, Erica, la Dama Pirata Oscura y su gente no pudieron leer el texto, porque estaba escrito en uno de los idiomas de la Tierra. Mientras que Alisha y Apolo leen:

"Entendemos la urgencia de su solicitud. Pero, desafortunadamente, ahora no tenemos fuerzas adicionales, porque la juerga borracha de Dionisio y Baco en la Tierra requiere muchos de nuestros recursos, y controlamos para que la ciudad en la que se establecieron no se convierta en un reino de caos. Les pedimos que

esperen un poco y, si es posible, contengan al Rey Crepuscular y al Jefe de la Secta. Más tarde, redistribuiremos nuestros recursos de combate para enviarles ayuda. El Jefe de los guardias mágicos de Olimpia, Atenea.

PD Ahora también estoy en la Tierra y estoy tratando de resistir los hechizos de borrachera de Dionisio y Baco. Por desgracia, tampoco puedes contar con mi ayuda personal".

Esta fue la respuesta de Atenea, hermana paterna de Apolo y sobrina de Eos, hija de Zeus. La cual era conocida en la antigüedad en la Tierra como la Diosa de la Guerra.

"Es triste..." Apolo y Alisha suspiraron.

"Precisamente…" Eos asintió.

"Por triste que sea para mí admitirlo, si todo lo que dijiste es cierto, entonces tampoco podemos ayudarte", dijo la Dama Pirata Oscura. "Lo único que podemos hacer es cuidar de Erica".

"Esto es lo que quería preguntarte", asintió Alisha. Y agregó: "Y sin embargo… yo soy la dueña de Erica. Ella está atada por el Sello de Esclavo. Noté que hay muchas criaturas mágicas en tu ciudad. Son antiguos esclavos, ¿no? Tienes la habilidad de deshacerte de los sellos esclavos, ¿verdad? Si es así, también te pido que liberes a Erica de su Sello. Por desgracia, pero para liberarla de acuerdo con todas las reglas, no tenemos tiempo…"

"Sí, tenemos un mago que destruye los Sellos sin dañar a los esclavos y sus dueños", confirmó la Dama Pirata Oscura. "Estamos listos para cuidar de Erica y liberarla de su Sello. No tienes que preocuparte."

Erica miró con asombro a Alisha y la Dama Pirata Oscura. De repente, se sintió confundida. *"Si me quedo aquí, ¿puedo encontrar a mi madre?" pensó. "Los piratas deben tener una vasta red de información… ¿Quizás luego aceptarán ayudarme? La Dama Pirata Oscura parece una buena persona, a pesar de su oficio… Parece que los rumores no mienten de que ella y su tripulación son piratas nobles".* La niña aún no sospechaba que la Dama Pirata Oscura era su madre…

"Me alegro", mientras tanto, Alisha asintió.

Alisha miró a la chica-unicornio. Ella se congeló en la confusión.

"Erica, estarás libre pronto", dijo Alisha.

La niña-unicornio se quedó inmóvil, congelada por la sorpresa. Ella no podía comprender lo que estaba pasando. En su cabeza no cabía: ¿cómo? Toda su vida fue esclava de criaturas mágicas. ¡Y de repente su vida cambió tan increíblemente! Resultó que ella es la nieta del Rey Crepuscular, la hija de la Princesa Crepuscular real, ¿y ahora será libre? ¿Es todo esto cierto?

"Mi señora..." dijo confundida. "¿Realmente voy a ser libre?"

"Sí", Alisha solo asintió. "Erica, ¡eres una chica maravillosa! ¡Estoy seguro de que puedes vivir una vida buena y brillante!"

Pero la chica-unicornio estaba perdida. Alisha no podía entender todos los sentimientos contradictorios que experimentó Erica. Después de todo, Alisha creció en una sociedad bastante libre. Y aunque durante setenta años de estudio y trabajo en el Departamento Divino había visto diferentes mundos en diferentes planetas, aún no podía comprender la profundidad de tales problemas.

Erica estaba a punto de decir algo, cuando de repente todos en el pasillo escucharon un sonido extraño. Era como un trueno, pero era más 'redoble', y parecía penetrar en lo más profundo del alma.

"¿Qué es?" exclamó la Dama Pirata Oscura.

Ella y su gente corrieron hacia la ventana, donde se quedaron helados de asombro. Alisha, Apolo, Eos y Erica se miraron desconcertados y también corrieron hacia la ventana. Cuando vieron lo que sucedía afuera, también se congelaron.

Y realmente había algo de lo que asombrarse. En el horizonte, un rayo escarlata atravesó el cielo. Alrededor del cual, las alturas celestiales fueron pintadas en un color escarlata oscuro.

"¿Qué es?" Alisha preguntó confundida.

"No sé... ¡Nunca había visto algo así!" respondió Apolo.

"Malo... ¡Suena como un hechizo de movimiento espacial! ¡Muy poderoso y raro!" exclamó Eos. "Recuerdo que era muy joven cuando vi esto... Entonces, los espíritus-deidades 'resolvieron' sus destinos, sobre la base de los cuales surgieron... El abuelo Urano luchó con el tío Cronos... En una de las batallas, ¡el tío Cronos usó un artefacto de la antigüedad para ser trasladado junto con su séquito a un lugar seguro! ¡Y desde lejos, esta magia se veía exactamente así! ¡Y el sonido era similar! ¡Por eso el Rey Crepuscular necesitaba la sangre de su nieta! ¡Este hechizo requiere la sangre o los huesos de al menos un pariente consanguíneo!"

Como se sabe, los espíritus-deidades nacieron de las oraciones de las personas que una vez vieron a los antiguos alienígenas y les rezaron. Los espíritus-deidades se vieron obligados a 'resolver' los eventos principales de los destinos de sus originales. Y lucharon entre ellos, como los antiguos alienígenas.

Eos habló sobre la batalla del antiguo titán griego Cronos, el hijo del Dios del Cielo Urano y la diosa Gaia, el padre de Zeus, y el hermano de Hyperion y Theia (padres de la Diosa del Amanecer). Cronos derrotó a su padre y se convirtió él mismo en el dios supremo. Hasta que fue vencido por su hijo, Zeus.

Eos todavía recordaba esas terribles batallas. Ahora es el Mundo de los Espíritus, incluida Olimpia, un lugar tranquilo. Pero en la antigüedad, cuando nacían muchos espíritus-deidades, 'resolviendo' sus destinos, allí se producía el caos. Muchas batallas tuvieron lugar en la Tierra y otros planetas.

Más tarde, cuando terminó la 'elaboración' de los destinos, todo se calmó. E incluso el belicoso Cronos hizo las paces con su hijo Zeus y su padre Urano. Urano comenzó a patrocinar a varios planetas pequeños, y Cronos comenzó a patrocinar a varios mundos, incluido aquel donde estaban ahora Alisha, Eos y Apolo. El planeta fue nombrado 'Mundo de Cronos' en su honor. Ahora patrocinaba otros reinos en otros planetas. Pero el nombre de este Mundo sigue siendo el mismo. Aunque, más tarde otras deidades comenzaron a patrocinar su. Por ejemplo, las deidades de Akaria también eran conocidas como las deidades de la mitología Ainu en la Tierra. Ahora Akaria fue patrocinada por Hermes. En Victorianica, Oberón y Titania han creado un poderoso culto para sí mismos. En otros reinos, había seguidores de otras deidades.

En cuanto a Zeus, se dejó llevar por completo creando juegos para Robotoid y dibujando cómics, retratándose a sí mismo como el personaje principal de las historias.

"En esa dirección está el Continente Central… Está Akaria… Victorianica, Ainika y otros reinos…" mientras tanto, dijo la Dama Pirata Oscura.

"¡El Rey Crepúsculo ha comenzado a actuar!" entendió a Eos. "¡Él abrió las puertas del espacio! ¡Le bastó activar el ritual de la sangre que ya le había quitado a Erica! ¡Para otras acciones, aparentemente sacrificó a alguien más! Esto está permitido después de la activación; ¡Simplemente toma más tiempo para el ritual!"

Parecía extremadamente concentrada.

"¡Necesitamos salir de inmediato para detener al Rey Crepuscular!" Ella exclamo. "¡Esta vez intentaremos bloquear la magia del Jefe de la Secta! ¡Creo que lo mejor que se puede hacer es no dejarlo usar fórmulas serias y atacar sin parar! ¡Entonces no podrá hacer nada! ¡Y enviaré otra solicitud de soporte urgente!"

Apolo y Alisha asintieron.

"Te dejo el cuidado de Erica a ti, Dama Pirata Oscura", dijo Alisha brevemente. "Erica, adiós... Tal vez nos volvamos a ver".

"¡Espera, mi señora!" trató de detener a su niña-unicornio.

Pero Alisha solo le sonrió junto con Apolo y Eos. Y al momento siguiente, los tres desaparecieron en una luz blanca. Desmaterializaron sus cuerpos y fueron al Mundo de los Espíritus. Para desde allí ser trasladado a Akaria y evitar que el Rey Crepuscular...

Continuará...

Editorial Tektime

www.tektime.it

9 788883 544813 6